相互不如相遇

Xiangyu Buru Xiangyu

云相逐——著

云南出版集团公司
云南科技出版社
·昆 明·

图书在版编目（CIP）数据

相玉不如相遇 / 云相逐著 . -- 昆明 : 云南科技出版社 , 2017.10

ISBN 978-7-5416-8685-6

Ⅰ . ①相… Ⅱ . ①云… Ⅲ . ①游记—作品集—中国—当代 Ⅳ . ① I267.4

中国版本图书馆 CIP 数据核字 (2017) 第 219961 号

责任编辑：杨旭恒
唐坤红
李凌雁
书籍设计：润　水
责任印制：翟　苑
责任校对：叶水金

云南出版集团公司
云南科技出版社出版发行
（昆明市环城西路 609 号云南新闻出版大楼　邮政编码：650034）
昆明卓林包装印刷有限公司印刷　全国新华书店经销
开本：787mm × 1092mm　1/16　印张：16　字数：150 千字
2017 年 11 月第 1 版　2017 年 11 月第 1 次印刷
定价：32.00 元

相玉不如相遇

Xiangyu Buru Xiangyu

我喜欢那样的梦

在梦里，一切都可以重新开始

一切都可以慢慢解释

心里甚至还能感觉到，所有被浪费的时光

竟然都能重回时的狂喜和感激。

——席慕蓉《初相遇》

第一章 随行

1

一抹月光洒在男子的脸庞上，他微微一笑，赶走了一寸寸夜的黑。轻轻地转动着手上的翡翠珠，相连的玉珠之间发出清爽而细微的触碰声。水色在月华下晃动，那色泽如洱海般澄澈，如苍山般青翠。他在思考着什么，凝视着我散乱在下关风中的长发，脱下手串，为我将长发挽起。风越来越大，如此美的手串顺着我的直发落下，真担心这件珍宝即将碎落在青石板上！我一个转身一伸手就奇迹般地接住了，接住了再回望，他的笑容模糊了，人也消失不见……

梦的结尾打开了我的触觉。还没有睁开眼睛，我就感受到一束阳光在我的脸上徘徊良久——这是新一天的清晨。

头顶还有些许沉重，不愿意睁开眼，只想感受着客栈房间里新一天的气息。我深呼吸，一股一夜未散尽的酒气夹杂着被褥在阳光照射下的淡淡气味。感受不到他还在这间房间里，他的气息只在我从酒醉到酒醒的全程记忆中。

记忆停留在那种如梦似幻的气息中。他怀中带着略微的酒气夹杂着一股特有的阳刚之气，这种气息透着温存、善意和安全感。我有一瞬间感觉到，他是一块玉石，排除了所有的俗念，不为索取和占有，只在守护。这份平静和沉稳，让我安然入睡。

现在，已经清醒来的我全身心放轻松躺在床上，用手挡住照射进来的阳光，自顾自地道了声“早”，没有回话。我没有失落。

反而觉得收获到了一个怜香惜玉的心上人，并为此而沉浸在久违的幸福里。充满欲望的酒精作用下，他的理智，让我们彼此没有沉沦。真的怜香惜玉，就不是破坏这一份冰清玉洁。

“……有匪君子，如切如磋，如琢如磨……”我默念着这几句，又忐忑起来。毕竟，如果真的有爱或者喜欢的意思，他才是诗歌里吟诵的君子。若情不在此，只能说是个无心的生命过客。我不想仔细思量，只是想着怎么在梳洗一番后去另外一个房间和他道一声“早上好”。然后，想和他说一些

不知道怎么开口的话。或者，就单纯说早安吧。

洁白的裙子、洁白的被子在阳光散射下，那么刺眼，突然，触手的冰凉，打断了我所有的思绪。

在枕边的白色之间，一串碧绿欲滴的翡翠手串显得尤其明丽。怎么会在这里？是它的主人昨天不小心遗落的吗？我好奇地拾起这手串，翻爬起身。手串还是我初见他时，戴在他手腕上的样子——串珠正圆形，粒粒圆润饱满，水色和碧绿交织，每一颗都透着夺人心魄的美。就算它拥有不菲的价值、罕见的质地，可是它在我手掌心，已然是流在心田的一泓清泉。

它的主人，就是他，那个七十二小时前与我相遇、谈心的那个男人。

当我带着疑问走到他的房间，已经有服务员正在打扫卫生。他退房走了，莫名的空寂，由内而外。我急忙寻遍客栈的走廊、过道，还是不见他的踪影。

是什么原因，使他走得如此轻易而匆忙？

不知道为何，我随着时间的拉长而紧张起来，手心这一股凉意已经不足以缓解我的情绪。

手串在我手中沉重起来。它不是正式送给我的东西，它的主人是否不辞而别？这么珍贵的手串，怎么如此轻易就落下？

这是送我的定情信物吗？我还记得昨天那情不自禁的一吻，唇齿间的润泽和柔情交织了几秒。留在脸上的热度到现在都没有褪去。

这么明显的位置不像是遗忘，莫非是赠予？他这是不辞而别。人间最珍贵不过玉洁冰清的情缘，本来就不能预计能坚持多久的爱，就只能让时间凝结于此——这是他昨天发在微博的话。

不知道在我安然入梦后，最后离开房间时，他是否明白我的倾心以付。他连身份、从事什么职业……都没有提起过。可是回忆到他眼中的真诚，回顾短暂相处的感觉，还记得他说过的话语，举手投足的气度，或幽默，或深沉，或安静，都是如玉般温润。

这短暂的时间里，我们没有透露彼此的名字，彼此的身份，就是带着纯净的心，凭缘而结交，随性、随心。

理应问清楚——带着关于这短暂的“一见钟情”的疑惑，我总是要弄清楚的。至少，把这个手串还给他。

我打开手机，找到最新关注的名叫“鸣珂”的微博ID——这也是唯一与他联系的方式了吧。

他的头像是一张唯美的玉石手串图片，正是我手上这一串。我点开了微博私信，心想，他看到一定会回答的。

“你在哪里呢？”

“收到请回答。”

生怕他看不到私信，我在评论区也留了言。

我接着又发了很多条语音——“鸣珂，你在哪里？”“收到就快回复我好吗？”

私信和评论都留言了，看到他没有在线、近两天没有再发新的微博内容。

等着他回复的过程将很漫长，网络世界的消息传递并不是即时的。此时，看着“鸣珂”二字，昨夜梦中细微轻巧而又清脆悦耳的玉石之声又在耳畔回响。握着手串，珠玉之声就在我手中沉吟。可是他的主人“鸣珂”，又在何处？

2

客栈名为“风花雪月”，正是这个充满了浪漫的名字吸引到了我，还没有来大理古城就先定下来了住在这里，感受传说中美丽的大理。

与其说是客栈，不如说是私家花园，建筑是典型的大理白族民居，是三方一照壁，四合五天井的白族院落。院子里种着的是大理山茶，经过时候，看着一团团的粉色格外赏心悦目，随风飘来的清雅香气更使人心旷神怡，顿时一阵清新。

我继续打听手串的主人，心想，前台一定登记了他的个人信息。

前台的服务员是二十岁上下的姑娘，我入住这天和昨晚看见她在值班，还知道她的名字带有“春”和“花”。走近看她的胸牌，上面写的是“赵银花”。莫非过去就是一场梦，把我迷得那么深。

银花大眼睛透出几分天真烂漫，用大理这边的方言和我打招呼：“金花，早，有哪样要帮忙的？”她漆黑的眼珠一转，用生涩的普通话又说了一遍：“金花，有什么需要帮忙的吗？”我这才反应过来，当地称姑娘叫“金花”。

“早啊，我想向你打听一个人，可以吗？”我犹豫了一下，还是决定问问。

“是住在这里的客人吗？只要是我见过的，都好说嘛。”银花爽朗、纯粹让人觉得很舒服。

“就是昨天……你看到昨天送我回来的那个男人了吗？他的房间好像是雪月苑楼梯边的第二间，我没注意房间号。”

“他叫什么名字？你们难道不是一起的？”银花一边说话，一遍开始翻阅着记录住宿的信息本。

“不是，我不知道他的名字。我就想问问，你早上有没有见到他。”

“你们一起出去喝酒聊天，居然不知道对方名字……这个，这个……挺有意思。”银花嘴角浮起一丝调皮的笑意。我瞬间红了脸，她礼貌地笑了笑，继续说道：“很正常，我们大理就是风花雪月的地方嘛。”

“没有……不是你想的那样。我们很纯粹的……”我认真地说。

银花一副“我懂的”的表情，我却也没有不好意思，等着她继续回想。

“雪月苑……雪月苑……”银花突然大眼一亮，“那个阿鹏哥啊。”

“应该就是他，你再想想。”我以为银花和他很熟，名字叫阿鹏哥，“你认识的？知道他去了哪里对吧？”

只听她继续道：“哦，您误会了……‘阿鹏哥’这个称呼就像我们说的‘金花’一样……我对他印象很深啊，他的气质特别呢，一看就是特别好的人。今天很早时候，他交了房门钥匙就走了。”

银花合上了册子，好像回答完问题，没有什么别的信息。我着急道：“请你再帮我看看，他退房，你知道他的信息吧。”

“真不好意思，我没有隐瞒。”银花的眼睛里都是歉意：“那个阿鹏哥他是我们老板的好兄弟，房间也是老板吩咐好留给他的，我只知道他姓石。他也没透露去向或者说其他的。”

“那……能否问问贵店的老板？”我虽然有一阵失落，可还是愿意穷追不舍。

“真是不好意思啦！老板去国外度蜜月了，我们也不方便联系。”银花面露难色。

“没关系的，这是看缘分的事情。”

既然没有任何头绪，我也不再追问什么了，失落的心还是没有被拾起。真的就只有等待。或许他是办事去了，万一又会回来呢，回来找我，或者找这串珍贵的手串。

“缘分？也对。”银花笑着说，“你这么远来到云南，一定会再有缘分遇到想见的阿鹏哥。”

“借你吉言……”我的心开始有点空白，对“缘分”半信半疑，我想起来既然是老板的朋友，那这也算是他在大理的落脚点吧。

“他有东西落在我这儿了。如果他回来，有劳你们给我打个电话。或者麻烦告诉他，尽快上微博联系我。”

“好的，这个可以有。”银花拿给我一张便笺纸和一支笔，没有再问什么，客人来来往往的在他们看来已经是很平常的事。

“等等，还可以醒目一点。”热心的银花告诉我，可以把我的想法写在黑板上。背后的黑板上点缀看上去很前卫，还贴着一些文艺的明信片和风景照。我们商量之后，打算写个类似“寻人启事”，决定就写：“石先生，琳琅找你，看到请联系风花雪月前台。”

3

“琳琅”是我的网名，也算是我的本名。

在七十二小时间，我们就称呼对方网名。他说过：“琳琅美玉，是他毕生追求的美。”那么他会记得这个名字的吧，就像我会记得“鸣珂”。

我拨弄这珠玉，它们发出细碎的声音，玉在低吟，仿佛在呼唤着它的主人。放弃了很多东西踏入云南，真不想再放弃了，我不能放弃寻找这个人。

排除了情感因素，理性告诉我，毕竟不知道他的姓名身份，无法把东西交给警局。这么贵重的手串寄存在客栈也会不安全，万一遗失在自己手上就会引起麻烦。

开始一个人四处走走，参观着这座庄园，风吹来，夹杂淡雅清香，配合眼前满园的美景如画，空洞的感觉和多重的疑问却没有休止。

我没有感到害怕，似乎来到云南后放松了心情，变得无所畏惧。

一个在路上的人，一个人在路上。

压抑心间的石头暂时放下了，又来了一串玉石牵动着心。我一个人带着这串翡翠珠，云南的蓝天白云之下，他的主人走向了何处？

“……我一个人吃饭旅行 / 到处走走停停 / 也一个人看书写信 / 自己对话谈心 / 只是心又飘到了哪里 / 就连自己看也看不清 / 我想我不仅仅是失去你……”

我一个人听这首《叶子》，心中的失落也随着音乐一起挥洒，把手串戴在手上，当作是暂时的寄存。心，就像叶子在飘摇着，看天空中形态奇异的云。我看不清楚接下来的路，也不知道如何寻找。玉是谜，它的主人更是谜，翡翠珠串连着他的主人，成了我心里的负担。

而我，依旧一个人。

4

又回到起点，前台。盼望着他遗落什么更重要的东西，巴望着在门口遇到碰巧回来的他。

“就是这个姐姐！”银花的声音入耳。

我走过去，第一眼看到的是小黑板上银花写的幼稚体手写字，就像她本人一样可爱。

引起我注意的是前台边上一个蓝色衬衫牛仔裤的青年男子，我下意识看了他一眼，男子中等身材，看起来很精干，皮肤微黑，浓眉大眼之间甚是硬朗，英气十足的样子，就是神情显得冷峻而严肃。

“咦？这个怎么会在……”他的声音像是自言自语，可是我还能听清楚。

“请问，是在和我说话吗？”我停下了脚步，刚才听见他像是要搭讪的样子，我心里有点儿忍不住。

“噢，姑娘。”他的普通话中仍带着明显的云南口音。“冒昧了……你手上的翡翠手串很特别。”

手串在我白皙的手腕上确实很惹眼，我护住手腕，疑惑地看着他。

“我个人很喜欢玉的东西，就想看看这个，别误会！”男子走到我身旁，和善地一笑，看了一眼前台的小姑娘，“而且银花也在，不用担心我大白天抢的。”

“是啊，阿平哥人特别好。”银花爽朗地笑着。

都这么说了，我还犹豫着，没有把手串取下来，而是把手慢慢伸过去，他没有用手来触摸而是很仔细地看，一点也不像是观赏或者品味。

“怎么样？”

“姑娘，正好我也住这，你不忙的话，咱们去院子里聊聊吧。”这句话看出这个男子是“自来熟”的类型，可是更引起我的疑惑。

我们到了院子里，在大理石桌凳这坐下来。伶俐的银花看起来和这个阿平哥很熟的样子，还为我们端来茶水。

“女士，你是北方人？怎么会到大理来？”

“对。我……只是游客，才来云南三四天而已。”

“游客，不会吧……”

“这位先生，您是什么意思？”

“没什么意思。”男子满含诚意地说：“我只想知道，这只手串你是从哪儿弄到的？” 我不知怎么回答才好，反问道：“那……你见过这个手串？”

“嗯。”男子微微点了点头，还在盯着这手串，直爽地说：“见过，在照片上见过。”

“那么，你知道它的主人咯？”我心中一阵欣喜，想来他应该是认识手串主人的了。

男子沉默了几秒钟，不想回答的样子，又道：“这个，是他送给你的，还是卖给你的？”

“他？”我有些激动，都忘记了回答：“你果然认识手串的主人。”无论如何也解释不清，他这个到底算是送我了，还是仅仅是遗落了而已，故而也不好回答。正好避重就轻，要是通过这个人能够找到他，那简直太好了。

可是，这男子不动声色，眉眼之间忽然严肃起来，认真打量着我。我此刻只想，眼前的男子是认识他的人，也是来找他的。

“他在哪儿？”男子问。

“谁？你说谁在哪儿？”我再反问。“你还没告诉我，你认识他还是不认识他呢！”

“请你告诉我，他在哪里？”男子审讯一般的口气，眼睛圆瞪着我，像是一头好奇的狮子。

我有些慌，却故作镇定，高声陈述道：“你说的那个‘他’是谁？我真的不知道，不知道他叫什么，干什么，更不知道他在哪里。”

这个男子一脸怀疑的样子。一边继续打量，一边眉头紧锁着思考什么。

我忐忑的心随着他的思考越来越不安。是啊，凭什么让一个陌生人相信我呢。终于，似乎选择相信了我的话。

“那没什么好说的，谢谢配合。”他果断站起来，朝着客栈大门走去，步子很快。

“哎，阿平哥，别走呀。你也是要找他吗……”我起身走过去，连忙叫住他，害怕失去寻找那个人的最后一条线索。我就跟着他，很好奇他为什么不愿意告诉我他知道的。

这个阿平跑到一间开着门的客房，分明已经看到我了却一点也没风度地把门一关。或许是和室友朱媛一起住久了，潜意识中受了感染，也学着她那一股蛮力劲儿，一直敲门。

可是对方没有开门的意思，好像逼迫我放弃。

“你们在玩什么游戏呢？”银花笑着走近。

“你的朋友真不够意思。”我埋怨道：“说话只说一半。”

“哎，阿平哥就是这样子，认真起来比谁都认真。”银花说道：“刚才阿平哥拿着你这个手串的照片过来，也是打听人嘛。今天真奇怪，你们两个都是找人的。难道是找同一个人？”

银花提醒了我，这个阿平果然知道我要找的“鸣珂”，也在找他的下落。银花还说阿平的大名是叫段一平，是她朋友的朋友，在滇西人脉很广，也很热心。总之银花反反复复都在说阿平仗义和好的话，却不知道阿平的职业，一下子说好像做生意，一下子说在事业单位。我不能听这个女孩一面之词，可是静静想来这个段一平看起来确实很像是个正直的人，只是大概对陌生的我有很多保留的话。

我不想思考他们到底是什么人，只盼着能够让阿平告诉自己线索，甚至一起去找。银花一定不理解我的想法和做法，我自己都纠结起来——他只不过是知道“鸣珂”的线索，而这个“鸣珂”就是我所倾心的那个人。我看着手串，更加确定，我对他已经产生了莫名的爱。就算不是为了情动，只为这珍贵的宝贝，我也一定要找到他，亲手交给他，亲口问他……

最后，还是银花帮我叫开了门："阿平哥，这个姐姐真的找人，你们不是都在找人吗？"说完转身就去忙工作了。

"你真是不放弃啊。"眼前的男人叹了口气。

"大哥，我真的急着要找到他。就不能跟你一起吗，说不定我还能帮上忙。"

段一平用一种"真是不可思议"的语气说："姑娘，你是游客，不是应该抓紧时间旅行吗？去丽江、香格里拉，好地方多了去了，偏偏在这浪费时间。"

他不知道，我是暂时性地放弃了很多东西来到这里。踏入云南的第一天，我就从空白开始。而现在，有要寻找的人，为什么要放弃呢？

"就当我是闲来无事的游客、旅行者，时间对于我而言，用来找一个人，也不算浪费。"

"那我们算是同路人了？"他抱着双臂，半讽半笑地道："你就不怕我会把你拐去，卖掉？"

我忍不住点点头，笑着回答："人贩子会事先打招呼吗？"我不是没有警惕心，只是他正派的外表，一丝不苟的衣着，认真严肃的样子，看起来还是很舒服的一个人。

“姑娘，我就直说了，一个人在外你这样很容易被骗。”

我没有和他耍嘴皮子的意思，就这么默默对视着。我确实傻，对这个男人的身份持有怀疑，单纯的我只知道，手串主人像个君子，如果真是他的朋友应该也不会是坏人。如果是他的仇人，那么也会迫不及待地找到他吧。这时心心念念的就是找到他，了结心事。

“上当什么的，我也无所畏惧了。反正我又不是没有上过当。就当我活该好了。”我斩钉截铁地说。

“你……真是个古怪的人啊……”他摇摇头，眼角浮起了一丝丝浅浅的纹路，似乎暗示着接受。

“阿平哥你难道不古怪吗？就当是……太平盛世多奇葩。有什么奇怪的。”这样答话的情商我还是有的。

“那……”

没有等他说话，我先礼貌地伸出了手，示意握手：“段一平是吧？我叫林琅，双木林，满目琳琅。”

“是，我是段一平。”

听见他说话声音中自然的低音，我想起“一蓑烟雨任平生”的词句。

他无奈地握手，像是交易，也像是不得已搭上了同一辆出租车。

5

抱有同一目的的协议者之间总是要有彼此的规定。

我们的协议，除了我们俩，还有银花做担保人，这些不出意外地在饭桌上进行，晚餐是大理最负盛名的海稍鱼。

碗里的辣椒佐料发出稀疏的声音，迎面而来的香辣美味。正好配合我此刻找到方向的喜悦——我终于可以放开一切去完成一个目标、一场旅行。

“等等，我还没有同意和你一起呢。”段一平严肃地说。

“可是我们非要搭同一辆车。我们要合作不是吗，你知道的和我知道的。”

银花调皮一笑，说：“哈哈，我看你们啊，谁都不知道啊。绕什么弯嘛。”

“怎么？还没有我们女孩子爽快吗。反正我跟定你了。”银花扑哧一笑，段一平镇静地轻咳一声。

我已经下了死缠烂打的决心，就跟着他段一平，这个人和我非亲非故，也不是我爱的人，更不是爱我的人。可是他能带着我解开疑惑，完成我这短暂的心愿。

“好，带上你行了吧。”段一平一口鱼肉吃下去，随口一说，这算是答应了。

“空口无凭啊，要是你把我丢下就溜走了呢。所以才把银花叫来，我们要定协议的。”

段一平又一次半讽半笑地说：“协议？说起来，我同意的前提条件还没提了，你倒先提协议了。”

“我只有一个要求，就是你知道什么关于他的，一定要告诉我，还有不要一个人溜了。”

“好的，我只答应你我绝对不跑行了吧。那我的要求，我带你去找人，可得约法三章，看你能不能做到？”段一平垂眼思索了一下，严肃地说：“第一，一切行动听我指挥。第二，不准打听我的任何情况。这个第三嘛……暂时没有想到，可能有突发情况了再说。”

我内心开始嘲笑段一平这种一本正经的说话方式，什么叫作“第三点到时候再说”？这不是手上握紧了金牌令箭吗？可是为了寻找玉手串的主人，我很直爽地答应了。

“一言为定。”

“一言为定！”

在两杯酸梅汁的碰杯下，在海稍鱼酸辣的飘香中，我带着怀疑，带着疑惑，与神秘旅伴段一平一起开始了云南之行。一起在路上，这段旅程，我们一起怀着不同的目的寻找同一个人。

6

我不像是找人，倒像是跟着段一平寻着“鸣珂”的足迹。

“鸣珂”的微博记录，像是导游指引一样，记录着他的路线、到过的地方、不同时间的体会。有人在评论上问他问题，他还会回复引导。可是，他依然没有回复我的私信和评论。

大理古城的夜晚，路上的行人依旧熙熙攘攘。这里的“洋人街”是一条老街，用古今色彩交融的斑斓来形容也不失恰当之处。各种颜色的光交叠着属于它的现代气息。古城里沧桑的铺面不会寂寞，些许的流水也不甘静谧。

商业步行街上，有让人看了眼花缭乱的民族服饰店，也有售小东小西、现代风味十足的时髦小店。最惹眼的要数那些穿插在各色店铺之间，称之为咖啡屋、酒吧之类的店所。店所屋檐上钉着各种以它国文字随兴涂写的招牌或广告语。有的店所前檐还摆放了三、两张未经打理过的原木桌椅。

几乎每一家不同风格的酒吧里，无论是时尚的摇滚乐还是热情的爵士乐，都让夜色喧嚣。舞者的姿，歌者的唱，点燃着古城的别样繁华。和我一样的年轻人沉浸在现代气息的风花雪月里，时尚、欢脱、浪漫。大理的温柔气息下，也有如此火热之处。这里的老板、工作者、顾客们，都在光影折叠中，体验着属于自己的风花雪月。

“我多想看到你，那依旧灿烂的笑容，再一次释放自己，胸中那灿烂的情感……”一家酒吧里有人放声高歌，手舞足蹈，看着很有趣。

就算是再大分贝的音响，我也忍不住会停留几秒钟。体会着时间凝固，放空自我的感觉。或许年轻的人们就是沉溺这样放空的感觉，白日的压抑来这里释放。这里还不是北京那种喧嚣城市里体验另一种嘈杂的感觉，北京的夜生活无情地分着各种档，而大理古城似乎更加公平。选择一个感性释放的地方就可以，这里有着远方小城所有的自由。

而我们来到的地方，算是喧嚣之外的另一个角落。这边还能听见不远处的喧嚣，可是流水的声音已然冲淡了那一片喧哗声。

这间咖啡屋，名字叫“回家的猫”。咖啡屋有种后现代的设计风格，简约、舒服而时尚，透着文艺清新气息。真看不出来，不苟言笑的段一平也会找来这样的地方。

相比之下，这里要清净很多。外国青年、中国青年各自在座上聊天，不是那么热烈，都温文尔雅。段一平在屋内四处张望了一下，走到吧台前和一个中年男子聊了一阵，看得出，他们是老相识了。

我找个位置坐下来，这感觉和在北京的文艺咖啡屋的感觉完全不同。北京的咖啡屋是难得的忙里偷闲和放松，到这里来是全身心放松在异地的天高地远自由舒畅。

没等我开口，服务员小伙子就送上来奶茶、瓜子和茶点。心里还在想段一平真是擅作主张。他确实已经安排好，让我在这里等他，他一个人去查找，还亮出“约法三章”来说事。

店里的老板就是那个中年男人，他一身时尚而随意T恤配五分裤，胸前长串的绿松石格外显眼。他主动过来和我搭话，很“自来熟”的样子。

“美女好！你是阿平的朋友吧，有什么需要的别客气。”老板说的普通话字正腔圆的，让我有种久违的熟悉感。

“这个手串居然在你手里了，美女你可真是幸运。”

我尽力藏着好奇心，可是想到又是手串主人的线索，还是问道：“老板，你见过手串？”

老板不像段一平那么难沟通，笑着说：“我和阿平说过了，看来你是不知道。三天前，有个小伙子来我店里，我就看上他手上这翡翠珠了。可惜啊，人家是怎么都不卖。可惜了……”

突然又有惊喜的感觉，这里留下过他的足迹。

“那他有没有说别的什么？”我急切询问。

“那天也晚了，他是和朋友一起来的，大概说‘这个手串是我的心爱之物，多少钱都抵不过。’这手串在我手中把玩了一分钟不到……然后跟朋友商量什么事去了。这来来往往的，我连那个小伙子长什么样都忘记了，可是就记得这个手串。”

“老板倾心这手串，就想得到也是很正常。都说，得不到的才是最好的。”我淡淡地道。

“君子不夺人所爱嘛。”老板颇为遗憾的口气：“美女你得到这个手串花了不少钱吧。”

“这个……不好说。”不知怎么回答，没有把手串和价格联系起来，也不愿意随便扯谎。

“没事，美女不方便透露没事，只是我想不通要多少钱，才能打动他呢。”咖啡店老板叹息着，眼光没有离开过我手腕上略显宽松的手串。

“或许对于他来说，不是钱的问题吧。”我不禁脱口而出。

开始明白咖啡店老板千金难买“一见钟情”的心情，一般喜欢玉石的人控制不住的欲望，不论是为美，还是为情，都肯一掷千金。对事物的迷恋和爱，不知道是寄托还是找不到理由的喜欢，就这么追逐着。

“求不得”是人生“八苦”之一，正如我寻不得人，他得不到玉。

他和手串接触的一分钟，我和手串主人相遇的两天。时间无法凝固，情感难以解释，或许就是遇到了，心也触碰到了。

“不是钱的问题？那……”咖啡店老板猜测着，突然笑道：“那会不会就是情的问题了，哈哈。”

“老板您倒真是能猜。”正常合法途径得到珠宝什么的除了钱和情，我暂时也想不到其他。我这算是“捡”到吧？如果真是情，为什么没有任何表达？

“这才几天，就转手了，姑娘好福气。其实美女你的玉坠也是个极品，和翡翠手串倒也配”

“没有……只是巧合。对了，老板怎么就这么喜欢这玉手串。”我岔开话题。

“是啊。我怎么这么喜欢……”老板笑了笑：“我送过给以前的女朋友一串差不多的，看起来也没这个好，也没有这个大。”

我以为老板是为女朋友而寻丢失的玉手串，可是恰恰不是。而是和女朋友分手，再也寻不回来。

这个老板不避讳这个遗憾的故事，他绰号叫“大猫”，店的名字就是为了纪念这个遗憾。

这世界一点也不缺负心薄幸的故事，眼前说故事的人就是一个负心人。

7

大猫说，他的初恋女朋友是个果敢直率的云南女子。前女友喜欢翡翠首饰，大猫送给她一串翡翠手串，这个手串套住了女朋友的心，她开始了对家的期待。然而，大猫天生不爱被束缚，贪玩，除了定情之物外给不起什么承诺。大猫还是没管住自己的性情，有了新欢。他着了魔一样喜欢热烈的情人，就和女朋友分手。

分手那天，女朋友没有打闹，没有犹豫，只是经过反复确认之后，一怒之下将那串翡翠手串摔在地上。我想象那声音的激烈，那珍宝不再的遗憾，就像是被辜负的心。

大猫知道他自己负心在先，确实对不起人家，逃避还来不及就没有管那翡翠珠的残骸。他的语气，可能因多次的复述变得平淡了。他平静地摆弄着胸前的绿松石，显得随意而潇洒。我不知道为什么能够平静地听一个负心人的自白，我受过这样的情伤，而且没过去多久，为了情伤，我还失去过理智，我还尝试放弃一切。曾在好几天里趁着白天的清新想着这到底是为什么，曾在好几个夜里被枕上的冰凉刺激得惊醒却又不知道梦见了什么……还不如故事里的女子摔碎关于负心人的全部纪念和记忆，重新来过，只是我没有做到。

代表着负过心的人对着代表着被辜负的人讲遗憾，这不知道是不是天意注定的玩笑？我没有等来金如磊本人的解释，却遇到了同是天涯负心人的故事——真是讽刺。

我控制着自己的情绪，双手紧紧扶着桌上的奶茶杯，这个民族风的杯子上面印有欢乐喜庆图画的东巴文。我看着一只明显是简笔画眼睛的文字，静静地听着。

大猫同样平静地说，当热情褪去，真正想到曾经最爱自己的人是前女友时，前女友已经结婚了。就在找到前女友那天，前女友说翡翠珠断了、碎了，再难以复原，情感也是过时不待。

“此情可待……”听着大猫类似于故事结束语的说辞。我不禁讽笑道：“人家都没想过追忆，什么回忆，什么爱意都随手串而去了！你的遗憾，难道不是活该！负心人是你，姑娘选择其他人一点都没错！敢爱敢恨的姑娘，不纠结，不回避，我喜欢！”

我的声音不是很大，可是感到其他人正看着我，才意识到尴尬。

大猫只是淡淡地笑道：“美女，这么激动？来，再喝点什么？”

“天下乌鸦一般黑。”我心里才想回答这句，却先被大猫说了。“可是美女，无论怎样别跟玉石过不去，好歹也是个物件。”

“我就是有恋物癖的傻瓜。跟负心汉过不去，到头来根本是跟自己过不去。”

沉默了一会儿，开始明白大猫想拥有手串，是想寻回一点慰藉。他该有的惩罚也领了——有可能他此生就这么错过了最爱他的姑娘。

而对金如磊，整个大学时光的美好记忆，以及一股一朝被弃的怨气。

那个云南女孩是如何做到放弃，然后遇到真正和他相伴到老的人，我无法猜测。看到对面的墙壁上有英文诗歌的装饰，上面写着："Never frown, even when you are sad, because you never know who is falling in love with your smile."是泰戈尔说的，纵然伤心，也不要愁眉不展，因为不知道谁会爱上你的笑容。

来大理的三天里，我的眉间终于舒展开来，时间和空间的恣意拉开，能够放下很多东西，还给自己以自在。

手串所承载的，大概就是我能平和对待回忆的心情。从早上拾起它开始，我就要放下以前的所有伤心。

没有彻底放下哽咽在不好的记忆里石头——金如磊，就是我心中的石头。

"负心人？姑娘也是被辜负过的人吧。这手串……"

"那是另外一个故事了，和手串无关……"我自顾自回想着，回想着放空一切来云南的那些事。

心里的石头放下了，回忆起来又是不一样的重量。

“磐石无转移”在我看来就是一句曾经的戏言罢了，这话在我心中已经是零落的石头随水流滚滚而去。

不，没有离去。而是在我的心里梗塞住了一切曾经。那些曾经，越来越痛，还没来得及追忆就已经成了惘然。

原来，纯美的一长段岁月加在一起，还不如一时的激情燃烧。

对与错，都在别人眼里。

喜与悲，在自己的心里，落差成天地之遥。

若我会见到你，事隔经年。我如何和你招呼，以眼泪，以沉默。

我的春天也终将逝去了，我想继续待在春天里，又有什么地方能还我以四季如春。

第二章　北京往事

1

我和金如磊相识在大学校园，是一个院系的同学。

直到在毕业那年樱花盛开的大学校园，我们才成为彼此的恋人，开始了我的初恋。

大学时我忙于学业，也无心于尝试甜蜜的爱情，忽略了美好的风景。终于，金如磊在樱花树下，向通过了论文答辩的我表白——“我不想这四年留下遗憾，无论成功或者失败，无论是恋人还是朋友，我都希望能陪你长长久久。”

这些言语，搭配着春天里的粉红，落在我的脸上，爱情的火花在我心底燃起。我大学以来格外注意优秀的金如磊，他长相帅气，谈吐温文尔雅，一米八二的身高显得鹤立鸡群，可是他与人相处总透着绅士风度，在社团活动和学业成绩上都出类拔萃。在文科为主的院系里，这样出众的男生本来就是凤毛麟角。

我不是第一次被男生表白，却是第一次被心仪已久的男生表白。以前金如磊也暗示过，我却总是因为无心而错过。

大二的时候，金如磊问过我："你有喜欢的人了吗？"

我想也不想就回答："有！"

"哦。"金如磊没有看到我羞红了的脸颊，竟然没有再说下去。我们各自都没有在接下来的日子里尝试美好的校园恋爱，仅仅是彼此爱慕的好朋友。

都说对于大学生来说，最幸福和最幸运的就是读自己最喜欢的专业，毕业后从事与之相对应的最喜欢的职业。

从大四开始，我就在北京的《艳丽》珠宝杂志实习。不仅自己逐渐喜欢这些所接触的东西，而且杂志社总编对我的各方表现都很满意。毕业后，我毫不犹豫地选择继续留下来工作。金如磊在北京一家传媒公司做公关工作，他无论做什么都一丝不苟，包括新工作环境的适应，积累着行业经验。

终于在迎来大学毕业的同时，我们终于相互表白了。原来，当时他以为我回答"有"，意思是有男朋友了。大学四年过去了，彼此单身而又相互有好感，当然选择在一起。

虽然事业开始起步各自忙碌，我们也是被人羡慕的一对。

朱媛是我的闺蜜，从初中同学，到现在成了我无话不谈的室友，我们虽然没有在同一个高中、同一个大学读书，可是现在她在我们单位的财务部门上班。为了离单位近，方便上班，我们一起合租在单位附近的公寓。工作、生活，一切看起来那么单调而温馨。

朱媛性格直爽，率性纯真，喜怒分明。恋爱的甜蜜可以让她飘飘然每天开心得像中了大奖，失恋的伤心可以使她大哭大醉三天足不出户。她曾对我扬言：“要在你平淡的生命里做一个闪闪发光的神经病。”我也被她带动得嬉闹起来：“光芒太厉害了，可别传染我！”

她的纯净和浓烈，我的安静和热忱，构成满屋的温馨。

朱媛羡慕我和金如磊，说我们是“金玉良缘”，也为我们一直没结婚而叹息。我们一起吃饭的时候，朱媛不介意做“闪闪发光的电灯”，总是调侃金如磊：“你快把你媳妇领回家去，还我一个人的大空间，大自由。”

有时候觉得朱媛太会说话：“金如磊，有情比金坚、坚如磐石之意，琳琅，多少年来都害我写错别字。我就初中查过，带王字的琳琅是美玉的意思，真是美美哒。男才女貌的，不是金玉良缘又是什么呢。”

结婚，真的是随缘分的事情，在双方家长终于有时间见面后，想过彼此双方有时间的情况下就可以举行仪式。

这时间就像拉面，越拉越长。总有各种生活和工作压力，让我们拖延了三年。

拖延的日子里，所有的甜蜜都化作淡然。

2

很多朋友说我还是个大女孩。是的，二十一岁才开始恋爱，远远称不上早。

和金如磊在双亲的正常家庭长大不同，从有记忆开始，爸爸就是一个模糊的背影。我是单亲家庭里的孩子，妈妈是一名妇产科医生。

在母爱下成长，从来没有辜负过妈妈的希望。作为乖乖女，我从小就是那个的“别人家的孩子”。就连青春期，叛逆都被藏得好深。

就是因为妈妈的工作关系，总是接触到那些不为自己、也不为新生命负责的小女孩到医院做人流。妈妈在性教育方面首先教的，是女孩子爱惜自己的身体，不能任意交给不能对自己负责一生的男人。

妈妈特别警告过金如磊，不到结婚，坚决不能对我做任何出格的事情。

甚至因为各种不安定心理的作祟，妈妈还让我们俩双双发誓，不得越雷池半步。

其实，妈妈是唯物的知识女性，根本不会在意什么虚无缥缈的誓言，也不是什么封建保守，她只是太呵护我，怕我在感情和身体上受伤害。这些我都懂得，我明白世界上没有比妈妈更全心全意为我好的人。而金如磊说的“磐石无转移”，只是令我安心，安安心心在彼此身边。

妈妈说，真的如磐石般坚毅刚强的男人，就是可以保护真心所爱的人，能把控住自己本能的欲望。

无论如何，为了使妈妈放心，金如磊和我还是立下了誓言。这几年，在妈妈眼里，金如磊果然是当今社会为数不多的正人君子。

在朱媛看来，正人君子都只是在小说、电影和电视剧里，而像我这样在现代社会守身如玉的姑娘，就是稀有物种，快要灭绝那种。

无论如何，就算是再亲昵、再冲动，我和金如磊任意一方都会用理智克制住欲望。工作的繁忙，也慢慢地冲淡了彼此的情欲。朱媛无意间说我们越来越像正常的男女朋友，怎么能升华成小夫妻。

处事犹豫的我，正好有金如磊的果断决绝来帮我选择。

我的思想幼稚，时而任性，他心思缜密，相比之下成熟太多。他能够拿定主意，因为他的精明和成熟，使我有种被保护的感觉。

我习惯了这种感觉，精神上互助，思念时相邀，以前觉得柏拉图之恋那么遥远，原来自己就是这种恋爱方式的践行者。

3

害怕能量不够强，就需要一种心理上的增强。那一天，我感到不安。第六感的冲击，不知道是之前预见了，还是从日常积累中感受到。所以，我带着一串水晶手串来上班。

因为不安，明明只是公司商量承办珠宝年会，主管让我也参加商讨。想着，这个时候靠白水晶来增强气场和能量。

我们总编辑是整个《艳丽》杂志社的核心灵魂人物，是一个中年的女强人。智商永远站在高处、思维高速运转、加之才华横溢精明上进，有着极强的管理运营手腕，总之，她有着一股铁娘子的气概，将她高贵美丽的外表忽略后，其实就是一个在为事业拼杀的女人。

她叫东方晟，名字和气场形成一致。有人说，一个人名字可以叫错，可是绰号绝对错不了。我们小编私底下给她起了一个绰号“东方教主”，有“一统天下”的霸气，也有她御姐外在的气质形象，再加上本身复姓就是东方，姓名、绰号、形象简直相得益彰。小编们其实对她又敬又怕、又爱又恨，我们的杂志销售年年递增，业务经营范围和种类不断拓展，都是与她的才干能力、业务管理、公关水平分不开的。“东方教主”，就是我们心目中的女神。

商讨珠宝年会后，“东方教主”单独把我留下来，我的心不由得一震——工作上的错误有什么大的纰漏，接下来怕是会有铺天盖地的批评。

“你觉得你这期的版面，这样好看是吗？”威严的声音里透着挑剔的语气，她拿出我负责的下期杂志的版面，她的手指游走在那版面上。她的手指匀称修长，是“宛若削葱般”的美指。她的手保养得白净细嫩，一颗黄豆大小的翡翠戒指得体地戴在中指。戒面绿色浓艳，玉色清澈饱满。这样的戒指戴在她的润指上，可谓美得令人目眩。“东方教主”手上的那颗戒面就是界内称之为帝王绿的翡翠极品。据编辑前辈们说，这戒指从他们进杂志社开始就见她戴着，我不禁想，这其中会有什么故事和传奇。

她说我设计的版式和文字内容风格不是特别搭，搭配图片的选择不够突出，不像上期那样具有吸引力，她的批评头头是道，其实更像是在点拨，令我思路逐渐明了起来。她见我会意后，她的红唇呈现笑的美丽弧度，语气平和地说：“小姑娘，一点就通。配色比之前的进步更大了，再接再厉！”

她总是那么高贵清雅，虽然要求严格，行为雷厉风行，但是对待编辑都是宽容大度，尤其对待初入职场的年轻编辑更是耐心点拨。“女神”之称并不为过。

之后她看到我的白水晶手链，打量我一眼，随意说了一句：“小林今天穿戴不错，符合你的气质。小妞，要明白，美丽是女人的天职、修养和永恒追求。不同的宝石，果然给你不同的能量，为你的生活加分。”

“谢谢总编！”平时编辑前辈都叫她“晟姐”，可是在严肃的会议室我还是叫不出那样亲昵的称呼。

早上八点看到男朋友发来微信时，正好我们会议开始，没有来得及看。走出会议室打开手机，里面躺着金如磊的微信。

“对不起……我们分手吧。”

短短的几个字，就像晴天霹雳。我怀着空荡荡的心，跑来洗手间，仔细一看，真的是他发来的，在微信的备注是“三生石”，大学时他说过，我们的名字是一起刻在三生石上的。

不可思议的是，我们根本没有吵架，没有闹别扭，怎么突然来了这么一句……一定是发错了？可是他还能和谁分手，会发错了呢？不可能，他一向忙于工作，也不会在我之外还会主动找别人……那就是……手机被盗?

“你是本人吗?”我颤抖的手，回复道。

“我是金如磊，没错。”看到这几个字，我急忙把手机放在文件夹上，接了捧水拍打一下本来就没有化妆的脸。

镜子里的我，素面的我皮肤白皙，双眼皮弧度恰到好处，嘴唇不用口红就有自然的粉嫩，或许我称不上美艳，却也是一定是清秀，甚至气色和气质比大学时的青涩更多了些美丽。因为我是职场的女性，有自己的事业起步，我上进而虚心……这么看来，现在的我有什么配不上金如磊。

微信的声音又响了两声，我定了定神，走回了我的办公室。平静心情的打开微信，里面也有同样平静而冷淡的话语。

“我想过了，已经决定和你分手。一点都没有开玩笑。”

“你没有错，错的是我。我们还是朋友，勿念。金如磊。”

4

开什么玩笑!

这个我准备托付终身的男人，有着三年感情的结婚对象，如此突然要分手。我的心里空白一片，都不顾及到了午餐时间。

“东方教主这么有威慑力啊，让你茶饭不思了。”直到朱媛拍我的肩，才确定这是真实。

朱媛是我最好的闺蜜，这个时候的我，想到与她分担我的疑虑。

我让她看我的微信，她看到是“三生石”，不屑一顾地说：“肉麻……这是虐单身狗的节奏吗？”一双大眼睛在看了我们的对话之后瞪得更大。

“这是什么情况！怎么可能！”我只好示意她小声点。

朱媛接着说：“打电话！快打电话！”见我没有反应，行动力特别强的她，拿起办公室的电话，告诉我快打电话！她正要拨号，才反应过来不知道对方的号码。于是拿她自己的手机打了电话。

“喂，金如磊。怎么回事？林林跟你说……”

我接过电话，我没有说“喂”，金如磊的声音就开始说话。

“林琅吗？什么也别说了好吧。我们还是分手吧……对不起！不管你接不接受道歉……再见，珍重！”

我还没来得及说什么，短促而轻微的“嘟”声后，再也没有任何声响。

“怎么回事？”朱媛接过电话，又拨打，可是对方占线了。

他亲口所说，排除了一切猜想，又引起我无数的疑问。

原来分手是这么简单的事情，男人甩女人这么容易，可以不解释，可以说分手就分手。

朱媛问他说了什么，我只是回答："是本人，是分手，是……再见。就是除了抱歉，再没有别的说法。"我一个字、一个字地吐出来，眼泪也一点点积攒，在眼眶里打转。

再多说一个字，泪水就要漫出来。

朱媛说："吃饱了才有力气生活。"她最大的爱好就是吃，微博、微信、人人和贴吧的 ID 都是"淹没在食物里"。

我还在办公室发呆，她买来一块三分之一扇形的蛋糕，上面有草莓，看上去很甜很甜。她说很好吃，吃甜食可以舒缓情绪。可是，我没胃口，就算是给个面子吃完，都不觉得味道多甜。

接下来的半天，我控制着情绪。就算是心里空白，也自认勒得住。不像朱媛，感情浓烈而分明，她是喝酒必醉，受伤必哭，有乐趣必然开怀大笑的人。

只是这几个公共场合的几小时，不知道是如何度过的。

我理想中的爱情，充满了古朴而超现实的幻想，接受和确定了暂时的"柏拉图式精神爱恋"，不祈祷什么地久天长，只要两个人结了婚，一起甜蜜地构造一个小家庭。

爱情和坚持，我信奉那句"君当作磐石，妾当作蒲苇。蒲苇纫如丝，磐石无转移"。大概是被传奇中的爱情带入太深。从前青春期，对男生有过喜欢，却相信我们给予不了彼此什么誓言，所以绝对不愿意尝试。加之中学学习压力的巨大，也没有心思去思考每一张给我的情书背后都有什么。

九零年代的孩子，不为生活而烦忧，为不精彩而苦恼。我在做“别人家的孩子”，无视青春期那些或有意或无意的男孩子的情书或者暗示。渐渐地，积攒成在选择对象方面的心高气傲。除非他足够优秀，足够爱我。后来，承认金如磊的优秀，他吸引到我。以为心心相印，一直能够陪伴一生。

我理想中的爱情，一生一世一双人，彼此的唯一，相守到生命尽头。果然是太理想，抵不过现实的云波诡谲。爱情里有预想的风雨，只是不知道暴风雨来得如此突然。

以前的誓言和热恋的甜蜜记忆，被金如磊一朝的说辞给打碎了。

所谓的“三生石”，如此不堪一击，不值一提。

朱媛为我打抱不平，气势汹汹地说要发微信大骂这个“负心汉”，我阻止了他：“是闺蜜就不要这样。”

眼前的闺蜜让我打电话，我不愿意打，我了解的金如磊做事果断，说了“什么都别说了”那就是不会说。她让我发微信骂他出气，我不愿意发。凡事总有理由，她知道我不是死缠烂打的人。

“我做错了什么，或者有什么不合适他的？”我问朱媛，

“我背叛他、欺骗他？或者成为他的阻碍？”

我想到见过他的爸爸妈妈好几次，对我都很满意，他爸爸也没有说我来自单亲家庭有什么不妥，更多的是希望我们俩早日结婚，未来的家庭好好的。他当小学老师的妈妈和蔼可亲，对我很是关心和客气。所以，也不存在家庭不同意的因素。

“不，林林，没有必要！你从来都是本本分分，没有什么花花肠子，一定不是你的问题！你要自信，一如既往。”

我一直在追问为什么，心里，不只是空白，更是一颗石头落下去，却见不到底。我始终想要明白，为什么是这样的方式分手？单方面的，说分手就分手。

“我不相信……就像做梦一样……怎么可能？”

“傻瓜，金如磊这个臭小子一定是喜欢上别的女孩子了。他巴不得你走开，不要妨碍他新的恋情。你还不懂吗？”朱媛说得再明白不过。

别的女孩子？这么轻而易举，说喜欢上就喜欢了，无视三年的情，无视曾经的承诺。三年，即将结婚的感情程度，能输给怎么样的女孩子？心里开始窝起火来——金如磊不会做“负心人”，金如磊不会一脚踏两船，居然还是猜不透一个男人。

我看着朱媛圆润的手上戴着水沫玉的手镯，她的手白皙，

水沫玉 /SHUIMOYU

成分：$NaAlSi_3O_8$；晶系：三斜；颜色：白、灰白、浅绿、灰蓝黑及灰等；密度：2.60；硬度：6；折射率：1.53；透明度：透明—半透明—微透明；结晶形态：非均质集合体。

手腕圆满，戴什么首饰都显得可爱而圆满。我试着戴过她的手串和手镯，都戴不出这么圆满的效果。水沫玉有着冰霜的质感，我现在心中有火，真恨不能把这冰霜一口吞下。好让心火能够熄灭，灭了，就安然无恙。

我抓着她戴着水沫玉手镯的手，连着手镯。

“喜欢？直说啊，拿走，拿走。”朱媛拉开我的手，取下手镯来，要给我戴上。

我拒绝了，“如果这是解药就好了……救救我心里的火。可是它不是，它还是适合你。”

“可惜当初没有听妈妈的话，没学药剂师什么的，要不然绝情丹、断肠草的给你研发一下。”朱媛面对我的一本正经，总是用滑稽来打破，就连我失恋时给我安慰都如此。

“林林，天下到处都是金玉宝石什么的，何必把那三块石头当金子了？赶紧，迎接新的恋爱，姑娘！”

说得容易，如何马上就有新的恋爱。

初恋是金如磊，一旦破灭，就是一场灾难。

“弃我去者，昨日之日不可留。乱我心者，今日之日多烦忧。”朱媛说去醉一下，释放了就好。理智告诉我第二天还要上班，无论如何都不能喝醉。朱媛说着各种安慰的话，如果这些话是咒语，能解除我所有的烦恼，那该多好。可惜的是，忧愁和郁闷，却不会被朱媛说走。

“好，我是该尝试放弃了。”我郑重其事地说，告诉朱媛，也告诉我自己。

“难道不是立刻马上吗？”朱媛受不了我的犹豫不决。

三年的爱情，一句分手就结局了。这块石头，如何真的释怀？

连续三天的梦里，我梦到无休止的青石板下坡路，旋转着，让人头晕目眩。风雨交加中，金如磊拿着雨伞独自走开，留我在坡上继续无休止的旋转。

等到我醒来，没有了风雨，没有了下坡路，却在眼角流下了泪痕。

5

离珠宝年会的日子越来越近。

这个盛大的时尚晚会是杂志社年初就开始筹备的计划。邀请嘉宾有我们杂志的热心读者、支持者和合作者，按照我们“东方教主”的计划，今年的晚会不仅仅像去年一样完美地宣传杂志，还要开展慈善活动，为资助西南地区山区的发展而募集慈善基金。这个慈善活动的计划，几位高管已经策划已久，也团结到一些社会力量。按照杂志社的发展方向，今年的晚会更多的是为了表现和扩大我们公司在行业内的影响力。为此，这场晚会的举办地点就在集团大厦最豪华的金色大厅。

遭遇失恋打击的我，依旧强忍着情绪继续上班。喜怒可以伪装，藏得如此深，除了朱媛之外谁也不知道。连续几天，我觉得自己就像是火山，明明里面岩浆翻滚，要集中喷发，可是我自己把它封存了。我担心随着我的封存，不知道何时就会藏不住。即便我很自信我能控制。

妈妈打电话来，我说，忙。

真真实实的忙碌。我相信忙碌到一定境界就是一种充实，既然如此充实，就不会想那么多，就能更好的掩盖这一座火山。

这次盛大的晚会，也是我们员工期待已久的事。不用“东方教主”安排，我们都会精心准备盛装和配饰。

之前我是准备了盛装的，一件红色的晚礼服。不久前买的时候很喜欢这件可以当作婚纱的礼服，相信我穿着这样的礼服，一定会像盛开的花朵那么美。

女人在结婚时，本身就想把自己打扮成一朵独一无二、一生最美丽的花。因为女人一生中难得如此盛放自己的美丽，甚至还有很多女人没有这样的机会。

我准备的盛装是婚纱，大概是我太想结婚，太想有种家的安全感。不仅是婚纱，甚至一有空就遐想着结婚那天，我的妆容、我的华服、我的配饰。

美的点缀，来源于饰品，盛装当然要搭配饰物。我精心准备的饰物，却一直犹豫不决，因为似乎没有最。

我的每一件饰品背后，总是一种冲动的满足。不像我对待爱情的态度，钟情了就一直到底。饰品，每一件都是真爱，每一件都是一见钟情的喜欢。

迷恋饰物是女人最难解的谜题，明知道这个是犯傻的行为，却难以摆脱珠宝美玉的诱惑。

这些珠宝从不同的地域跋山涉水，在技艺的打造下涅槃成各种动人的美，每一件都赋予了它本身的魅力，让懂它的人选择它。

选择了真爱，就是无悔。心灵的窗户开启，一旦瞧见了它，就注定了相遇。它就会跟随着心灵，等待着衬托。

只恨曾经令我心动的人，并不是真的属于我的那块玉石。

晚会礼服的选择，在我看来已经失去了对颜色的兴趣。

如果可以我会选择黑，或者白。黑色能让我沉下心来，白色能让我感受归零的状态。配饰首先想到水沫玉、砗磲或者珍珠。

朱媛已经选好了准备参加晚会的礼服，是件粉红色的短款礼服，配饰是狐狸形状的粉水晶饰品，还说可以招来桃花运。

当她帮我挑选的时候，看到我那件红色的婚纱样式的礼服，说是完全可以选这件，很衬肤色，也能突出身段的优美。

我是拒绝的，宁愿选择淡而普通的白色礼服。配饰就是一个台湾朋友送我的异形珍珠，简单的点缀下的一个吊坠。

“大姐，在那么难得展现美丽的时间，怎么能选这么素的呢？”我告诉朱媛我的晚会准备，结果不出预料被吐槽了，值得自嘲下去：“还有心思去争奇斗艳。”

“就是要美艳绝伦下去啊，亲爱的，越是分手越是精彩，才越能证明对方眼瞎。”

朱媛一边说一边试着礼服，发现发胖了之后穿进去都不是那么容易。

“亲，帮我看看是不是太紧了。”背后的拉链都拉不上了，我帮忙使劲拉，也没有办法。

“看，我就不执着。这件穿不上了，不合适了，还可以换一件。人也一样……”说着把礼服丢在一边，又饶有兴致地在衣柜里挑着。她感到自己言语上有失，立刻停了话。

朱媛在网上看过，今晚她的幸运色是粉色，所以一定要来一套可爱的粉色系。她说今晚我的幸运色是红色，那件婚纱晚礼服最合适，还可以戴上前不久刚刚入手的红珊瑚耳环，一定艳压一大群。

我不相信什么星座幸运色，根本没有这样的心思，认为得体也就好了。对了，就算是再伤心难过都要得体。白色，如此安静纯粹，自己看来也舒服。而那件红色礼服，犹如灼伤了我的眼眸一般，只会平添一些伤痛——在连续几天的夜里流泪，似乎是梦都能刺激泪腺，哭到枕巾都湿透了。

“打扮得像一朵花儿一样，才会驱散那些负能量。你看，白色那么伤。你想让所有人都看到你这么伤？”朱媛拿起红色的礼服，她的激将法每次都能奏效。她知道，我的小心思就是包裹这伤痛。

用伤痛来包裹伤痛，伪装得如此华丽。我竟然为之动容，换上这一身美丽的中国红礼服。

我还是要佩戴那白色的异形珍珠项链，在红色衬托下，它是那么孤独而忧伤，就像我没有任何伪装下的心一样。

镜中的我，不知是像高贵优雅的红玫瑰还是顽强生命力的红蔷薇。有种喜庆的优雅，有种莫名的忧伤。前者是外在，后者是心魂。

我在想起一首很伤感的歌，不自觉哼起来——“……我是好美好美的红蔷薇，可恨老天不作美，被剥去花蕾，被剥去花蕊，可悲送人做玫瑰……”打转的泪水模糊了镜中的我，趁朱媛艰难地穿着她另外一条粉红色的直长裙，我赶紧拭去这一层潮湿。总不能让眼前闺蜜觉得她对我几天的安慰工作付之东流吧。

“啧啧啧……”朱媛终于穿戴好，转过头来看看我：“这么美的妞，人比花娇美。”

“哪比得上元气美少女？”我帮她戴上粉红色的狐狸状吊坠，镜子里的她可爱极了，V字形的领，承托着女性成熟，可是粉红色又显得稚嫩。二十五岁的花样年华，因为圆润的小脸戴着婴儿肥，还像个青春期的活泼少女。朱媛的生活理想就是做“元气少女”，看着她总是这么活力十足的样子，果然正能量很足，一股“我永远十六岁”的稚气。她对待爱情的失落总是“似把疏狂图一醉”，狂放而激烈的大哭大闹后又是新生，我何时才能像眼前的闺蜜一样潇洒。

而我，毕竟是第一次如此失恋。

6

大厅的布置，可谓是金碧辉煌，格调即高雅又浪漫。

计划要求本单位员工提前赶到，我和朱媛来得最早。这样的珠宝时尚盛会对我们并不陌生，“东方教主”一向要我们做一个时尚的女人——跟着时代步伐，走在时尚前沿的女性，是能留住时间的。这一次的盛会，又把珠宝时尚推上另一个高峰。

不久大厅外就传来嬉闹声，我们有几个编辑部的同事赶到了。一群衣着典雅华贵的男女走进来，最惹眼的莫过于那几个花枝招展、珠光宝气的女编辑。

“一个灿若玫瑰，一个娇似桃花。两位果然年轻花季，正是时候啊。”编辑前辈宁老师看见我们，就开始赞叹不已。她一如既往地喜欢开玩笑，对年轻人也是关照有加。她今天一如既往的高贵而温柔，身上的佩饰华丽而让人舒服，觉得这些珠宝首饰非她不可，就是为她而存在的。“哪有宁老师这么有魅力，我们无法跟您相比。”能说会道的朱媛说道。

“宁老师今天的装扮是一如既往的大气。”我看着她锁骨下的那一枚琥珀，像极了地中海的一滴水，那么透亮。

随着大厅在场员工的一片哗然，我顺着这片惊叹声看过去，不出所料是“东方教主”大驾已至。

“女神，女神……”朱媛瞪大了眼睛。

“教主”在不同场合的装束打扮总是那么给力。她总会给人惊喜。

今天的“教主”犹如一道紫色的闪电，射进大厅殿堂。让每个在场的人都惊叹目眩。一袭无肩无袖的紫色小礼服，

琥珀 /HUPO

成分：$C_{10}H_{16}O$；颜色：金、红、黄、绿、蓝、蓝偏紫；密度：1.54~1.55；硬度：1.08；折射率：2.5；透明度：透明—半透明—不透明；结晶形态：非晶质。

没有任何配件。就连礼服上常用的省、折都难找见。穿在“教主”身上是那么合身得体，真可谓是多不得一寸，少不得一分。它让“教主”显得那样的妩媚多姿，风情万种。却又不失几分智者内敛的气质。

“教主”今天手上没戴戒指，耳垂上也不见耳坠。只在修长的脖颈上系了一条白金链子，链子下坠有一只回形针大小的长方形玻璃种的淡绿色翡翠吊饰。腕上挂着的翡翠手串中游走着一丝丝狡黠的荧光。

格外惹大家眼热的是她长发高鬓，前额发间处有一架西方王冠式的银色发箍。发箍上镶嵌着的几粒紫色碧玺。在灯光照映下，恰似星星一样忽闪忽亮。它让“教主”略施粉黛的那张脸平添了几分少见的高贵与尊严。她今天所穿戴的这一切似乎在昭示我们的总编辑就是智慧超群、惊艳无比的“东方教主”。

“东方教主”见大家都傻傻地呆望着她，便扬声说：“俊男美女们，别傻站着。该干吗就干吗，都利索着点。”大家中气十足而又充满穿透力的声音，各自散开。

“真是女神啊，就知道‘东方教主’一定是气压全场的类型。”朱媛悄声对我说。

“毕竟岁月积淀，装扮也配得起那个‘舍我其谁’的气质。”

碧玺 /BIXI

成分：Na（Mg、Fe、Mn、Li、Al）$_3$Al$_6$（Si$_6$O$_{18}$）（BO$_3$）$_3$（OH，F）$_4$；晶系：六方；颜色：红、橙、黄、绿、青、蓝、紫、白、黑等；密度：3.06~3.26；硬度：7~7.5；透明度：透明—半透明—微透明—不透明；折射率：1.624~1.644

“这么张扬，真让我这个美少女嫉妒羡慕啊……要是我什么时候能像她那样，我愿意喝好多好多墨水，走个万里长征也行啊。”

在场的人羡慕“东方教主”的又何止朱媛一人，大家都有个奋斗的终极目标，欲望使每个人为之奋斗，不断进步。世事如棋，生活如网，真正能走到她那一步的又有几人？我不禁在这珠宝闪耀的人群间，陷入胡思乱想——或许我对他的事业生活并没有产生帮助。欲望，正是欲望的都市中，让金如磊和我产生了我们不知道的隔阂吗？

“教主”要求我们在通过与客人交谈中，了解到客人对杂志的意见和要求。她说，客人对杂志的喜好或需求，就是一粒粒种子，把它埋在杂志这片沃土中，就会发芽成长。让客人阅读到我们的杂志时，就像看到硕果累累。让她们赏心悦目，获得了知识的丰收。让她们读着我们的杂志，就像品尝到一份精美的起司蛋糕，喝到一杯浓香袭人的咖啡，品到一口高贵稀世的陈年葡萄酒。

我们几个女编辑私底下还嬉笑说，这是要让她们读过我们的杂志后，就像吸食了毒品，永远难以戒断瘾头。珠宝美石本身就极具诱惑，能让每一个女性上瘾，爱珍贵之美、爱独一无二之美的心总是如中毒一般。爱情又何尝不是。

公司员工负责与熟识嘉宾聊天，增进各方面情感。

在这社交场合，在目不暇接的贵宾和珍宝面前，我的情绪自控力明显比我预想的还要差。

盛会的嘉宾都是成功人士，一个个喜笑颜开、一个个端庄典雅、一个个步态优雅……有一瞬间，我宛如进入到一支光怪陆离的万花筒中。明明去年不是这样的，去年同样是在这里，和各位社会精英阶层的女性聊天，在眼界见识上收获颇丰。而这一次，在一片金碧交辉里竟然茫然起来。

我哪里像是盛开在晚会上的玫瑰？分明是乱花风雨中孤独的蔷薇。

7

我拿着一杯红酒，徘徊在盛装出席的人群中。

一个穿戴雍容华贵的贵妇向我挥手，我才想起，她是我们杂志的忠实读者魏太太，她旁边的那位西装革履的男士是她的丈夫、杂志的赞助者、金融界精英魏先生。我礼貌地走近魏太太，向他们夫妇问好后，对珠宝没什么太大兴趣的魏先生就走开了。

“小林妹子，姐姐找你半天了。”我多次被主管派去和魏太太增进感情，彼此也算是十分熟识了。只是这么一个年近半百的妈妈辈，称呼我妹子，显得不是那么自在却是已经习惯了。大概这样会让魏太太觉得自己年轻吧。

她一身旗袍可谓是金光闪闪，套在她丰腴近乎臃肿的身体上也算是富态，首先让我眼前一亮的是她颈部的饰物——一条坠有军棋棋子大小的西瓜绿碧玺项链。在碧玺吊坠的周边还镶嵌有一圈五彩闪光的钻石，真是一件很不错的饰品。可惜，这么高贵的好饰品被搭配在一身俗不可耐的衣服上。

“怎么样？这项链够时尚，够别致吧。”听到这个问题，我连连点头。她继续说道：“我就是照着你们杂志上登过的这款吊坠照片去买的。哎哟，妈呀——买这款东西，可费劲儿了。在全中国四处去打听、寻访都找不到。我之前才急着打电话问你，究竟要去哪儿才能买到。哪晓得你们杂志上用的也仅仅只有图片。我太喜欢了，那段时间，真是日思夜想……”

魏太太开怀大笑，一股得意而骄傲，她捂嘴的时候我看到她手上戴着一个手串，乍一看像是每一颗直径两厘米的蜜蜡珠，直到看到一粒粒珠子上那一点点的红，我才发现，那就是绝世奇珍“鹤顶红”。它是由濒临灭绝的珍稀动物盔犀鸟的头骨制成，那一抹胭脂红点在没有纹路的柔黄色上，看得我不寒而栗。

“你知道最后我是在哪里买到的吗？”魏太太越说越得意，我却在看到鹤顶红手串的刹那，在为人类为了得到奇珍之美去残酷灭杀濒危物种，这样冷酷的行为而感到心痛。

“我啊，是专门坐飞机去到斯里兰卡才把它竞拍下来的。”魏太太声音越说越高。我握紧了没有拿酒杯的那一只手，担心一旦拳头放开，我的情绪就要发泄出来。

所谓的文玩三大绝世奇珍，“一红、二黑、三白”，鹤顶红、犀牛角、象牙，哪一样不是屠戮其他物种的残忍无情？人类为了独一无二的装饰，就这么无情地残杀自然界生灵，就算是各种禁令出来，都挡不住这种血腥的买卖！掠夺、杀戮，相比玉石的纯粹之美，文玩三宝简直透着人类全部的残忍。为了美和极致而去灭绝生灵，越想越是难过，触动到我敏感而脆弱的心。

魏太太用戴着手串的手搭在我的肩上，“识货的妹子，我的鹤顶红啊，可比这项链难得多了。”她察觉到我盯着这鹤顶红，却没有透过我的眼神看到我内心的愤怒和痛心。

我急忙要离开，说：“魏太太，需要什么，我去帮您拿。”

“哎呀！无双呢？我的无双呢？”魏太太突然想到什么。“无双……我的宝贝女儿，跑去哪儿了。”

“无双应该不小了，不会丢了吧。”魏太太年过半百，却看起来有六十岁的样子，我想她女儿也不会太小，“无双”，天下无双，是在说绝世的珍宝。

“我女儿才二十四岁啊！”魏太太一惊一乍地说。

我正在为魏太太大呼大叫的行为而哭笑不得的时候，一个身材娇小的女孩子走了过来。女孩子妆容是欧美系的裸妆，身穿皮马甲，里面是中国风款式的背心，搭配铅笔裤，脚上一双坡跟的“恨天高”凉鞋。颈上的项链是一串柿红色南红项链，坠着一个雕刻着凤凰的南红吊坠，夸张地坠在女孩的胸部。女孩的装扮显得和盛会不搭调，可是骨子里的特立独行遮掩挡不住。

女孩瞅着魏太太撇嘴一笑，不屑地说:“这么大声干什么，别在这丢我的脸。”魏太太也不生气，就像哄小孩子一样笑脸相迎。

“无双，好的，是妈妈不好行了吧，这个是之前跟你提起的小林姐姐。”魏太太介绍说。

“看起来比我大不了几个月，叫什么姐姐。”无双挤了下桃花眼，把调皮和坏藏在了邪魅的笑容里，我忽然有点喜欢这个极具个性的女孩。

我硬着头皮陪母女闲聊完毕，终于离那串血淋淋的鹤顶红越走越远。

盛会上的人都在游走、交际、“大串联”。时不时还看

南红 /NANHONG

成分：SiO_2；晶系：三方；颜色：粉红、红、黄红等；密度：2.60；硬度：6.5 ~ 7；折射率：1.53；透明度：半透明—微透明；结晶形态：隐晶质集合体

到一袭粉色的朱媛在和年轻的帅哥聊天，相谈甚欢，不知道她的闺蜜我刚才就像打战一样挣扎。最活跃和引人注目的当然是“东方教主”，不停地与各位贵宾碰杯寒暄，举止间端庄大气，应酬那些商界大佬也是不卑不亢，巾帼不让须眉。

而我们，而我，星星之火，在晚会中飘荡，即使一身红色，也燃不起斑点火焰。

拿起托盘上的一瓶葡萄酒倾注到我已经空了的酒杯中，酒色嫣红，想到第一次和金如磊喝红酒，是我自己脱口而出：“生命注满了爱，就如酒杯斟满了酒。”可是失去了呢，是谁帮我倒空了酒？我的情绪又在华丽的人潮涌动中起伏着。

《梦中的婚礼》这首曲子，在晚会钢琴师指下跳跃，又飞入宴会的每一个角落，萦绕在我的耳畔。旋律比酒还要醉人，相逢是梦中，幸福也在梦中。难道就是那条短信把我从梦中惊醒，才开始把我扔到了现实世界。我想着继续这段“金玉良缘”的爱情，把那些已逝去的尘世繁荣带到我的世界中，如此迷醉着自己……

我感到非一般的疲倦，或许想得太多，心越来越沉重，我走向大厅最清净的角落。

不要害怕过去。如果有人告诉你过去是不可回复的，你不要相信他的话。过去、现在和将来在上帝眼里都只是一瞬间，在他眼里，我们都应努力去生活。

——奥斯卡·王尔德

我的妈妈，我唯一的亲人，只有她让我感到无私慷慨的爱。

妈妈一定明白我，我只想安静一下，离开喧嚣的此地。原来，只有自己才能带自己寻找片刻的安宁。

当一切归零，我走在路上。没有在刻意寻找着什么，只想着不断丢弃不该属于我的回忆。哀伤，如玉般清凉。

伤心只是旅途的开始，我只有一点点放弃这哀伤……

第三章　不远万里

1

突然，一双手挽住我的胳膊。我在惊吓间看到，是无双醉眼微醺，拿着一杯酒。她站稳了，从服务生那又拿一杯香槟，随意地递给我，示意干杯。

她喝酒动作野性，一饮而尽，没等我喝完，她就猛地问："你失恋过吗？"

我正在被失恋的情绪啃食着心，用鲜花一样的外物在包裹着滴血的心，没人知道，也不想让人知道。

"失去了，没有爱情了，哈哈，心被掏空了，再也回不来了！……你有过这样的感觉吗？哈哈，你怎么知道我的心已经没有了……没有了……"她身体晃晃悠悠，口里喋喋不休。

"再也回不来了，就这么莫名其妙！"我毫不犹豫地回答道，联想着我突然间的失恋。

她神色迷茫，放声道："你知道？你知道！你以为你是谁啊？有长相？有身材？还是才华横溢？"

"……还不如几个臭钱、地位。哈哈……自不量力，有什么值得骄傲的。有钱有地位，他们就会像狗一样围着你转，等着你宠信，排队亲你的脚趾头。哈哈，女皇！你以为你是女皇。可是啊，你就是不满足他，不会和他上床，不会向他求欢，都放不下你的身段。还不如那些个婊子，一夜就捆住他！哈哈……后悔吗？后悔吗？哈哈……"

我的心被触动了，不知道她胡言乱语什么，就是像锋利的匕首在刺痛我的心，我的心在钢琴背景乐里滴血，一滴一滴……

她的泪也不止地流出来，她一个人在流我们两个人的泪。她像是在骂我，头头是道，酣畅淋漓，这种道破让我如何受得了？

"男人是什么？你不给甜头，自然有地方是甜头……失恋，活该！爱你胜过爱他自己……呸！爱自己胜过爱任何人……活该被抛弃，被抛弃！像乱石头，抛弃……哈哈，你以为你还是一块宝玉？不过是破石头，任人抛弃……"

"抛弃"掉的是石头，原来我是被抛弃了的那个。心底的压抑涌出，我快要窒息。堵在火山口的装饰终于裂开，所有的不甘、痛苦都要倾泻而出。

“够了！”我大吼一声，把手中的酒杯狠狠砸在她面前。玻璃碎裂声和飞溅的香槟酒惊到了无双，她一时间没有站稳，跌坐在地上。

我呆呆地看着跌倒在地的她，泪眼婆娑中有迷茫、有无助、有惊恐……大厅里突然一片惊讶声，局面开始随着声音而混乱起来，我感到越来越多的目光盯着我。

我才意识到，我闯祸了，我没能封住心中的火。

我记忆中，魏太太像一只母老鼠，凶狠地冲到我的面前，用她戴着鹤顶红手串的手指着我。“你把我家宝贝儿怎么了？！”

魏太太、魏先生拉起倒地的女儿，搂在怀里。魏太太止不住的污言秽语向我袭来……

我什么都不在乎了，“东方教主”也没能救场，在场的人，有窃窃私语、有啧啧叹息，有的指指点点，有的一脸鄙夷。他们华贵的服装、珍贵的配饰，还在灯光下闪烁着不同的光辉，和一开始步入会场一样。翡翠依旧碧绿，水晶依旧剔透晶莹，宝石依旧散发着属于不同人的高贵。

我只想逃，在这场闹剧一步一步被推到议论是非曲直的中心之前，不回头地跑。

失恋的情绪，还是把我的理智击了个粉碎。谩骂、质疑、憎恶……在这些如洪水般的冲击之下，我都不记得我是怎么逃跑的。

2

北京朦胧的月色，浸湿了我流干了血的心。

压抑的黑，色彩缤纷的都市霓虹，零落无序的万家灯火，被泪水模糊了实现的我，忘记了那一路走过的北京之夜。

关上房间的门，我就是最出色的逃兵。

室友朱媛一夜都没有打开我没有上锁的门，短暂的与世隔绝里，我只是像是在睡着。

第二天，天还没亮，我半清醒的状态下赶完了辞职信，然后走到单位。将辞职信往“东方教主”的办公室门缝里塞进去。她平日里来办公室特别早，一定能第一时间收到。

“亲爱的，你这是要出去，还是刚回来？”朱媛见我人站在门外，门开着。我本来动作很轻，难怪她没有发现我这是交了辞职信回来。

“我决定辞职了，引咎辞职。朱朱，别劝我，我已经给‘教主’发了辞职信。”我出奇地淡定，就这么告别了我最喜爱的工作。

朱媛杏眼圆瞪，不知道说什么好，后面对我微微一笑：“那什么……林林，暂时放空一下，没什么不好。说走就走，真是佩服你。接下来呢，你想……”

“我想，来一场说走就走的旅行。”

记得去年的某个周末，我和朱媛宅在窝里，在阳台上观赏北京城的风景。说起来也没什么别样风景，能看到远处的CBD，就像一座座水泥森林，看起来不是那么清爽。我们租的住处很高，坐向也好，视野能这么开阔，上班这么近已经非常不容易。

“这糟糕的天气。”我们异口同声地说。

雾霾如猛兽，像是给我们的城市蒙上了一层奇怪的黑面纱，它模糊了城市的高楼，使高度繁华的大都市在一片沉郁之中，帝都的光辉被遮盖了。北京、北京，这是一座让年轻人有着复杂心理的城市。就像汪峰用那独特而沧桑的烟嗓，所唱出的那种情绪，我在这里寻找，也在这失去。

“如果来一场说走就走的旅行，我一定要选一个天最蓝的地方。”朱媛当时毫不犹豫地说。天最蓝，怕就是神圣之域西藏了。果不其然，她最想去的就是西藏。

而我，要选择一个拥有清爽的蓝天白云，充满着自然淳朴气息的地方——彩云之南。

“旅行？去云南？”朱媛一点也不惊奇我选择云南作为旅行之地，她的脑洞里想着什么，就说了出来：“你看，早些年的《还珠格格》，一言不合就要去大理，武侠小说里的云南那么神奇，什么大理国，什么点苍剑派，什么南诏国……想起来就非常不错哦。”

她说话天马行空，我知道她是在找话说，希望我能够开心点。为了不耽误她上班，我说：“我们电话联系吧，我只是去散散心，不用担心。我回来就好了。”

“也好。无论你做出怎么样的决定，我都支持你。记得要多拍些美景、多发些好吃的给我看看，让我也跟着瞎高兴一下！一定哦……还有，一定要小心坏人，保护自己，有什么第一时间找警察叔叔。哦，不行，你每天给我发条微信什么的，如果断了一天，我就马上报警……”她手舞足蹈地说着，说的我都要感动哭了。

“好了，朱妈妈，我会好好的。相信我的生存能力。”我淡淡一笑，她会意后，就急急忙忙去上班了。

云南，我逃跑去的地方，亦是我向往的好去处。

3

在旅行开始之前，我先回了家。

家里无论如何都有妈妈等待着我，无论受了多大的委屈，总有一个怀抱接纳着我。从失恋开始，我就一直在想家。可是却不能让妈妈知道后，为我担心，为我难过。我唯一的亲人，怎么舍得报忧？

我们这一代人，单亲家庭一点也不显得稀奇，妈妈也没有提起过爸爸。从爸爸离开之后，她就把所有关于爸爸的照片、物件统统藏了起来。我从来没有过“父亲”的概念，从小看到别的同学有爸爸来接送，我就忍不住好奇——有爸爸是什么样的感觉？

妈妈没有灌输我她对爸爸的恨，为了弥补我没有爸爸，妈妈像是一人分饰两个角色，有严厉，有温柔。在医学事业上力求精益求精，在我身上付出更是含辛茹苦。在我心目中，妈妈就是完美的高知识女性，我长大后也问过妈妈，为什么不再找一个男人能够照顾她。妈妈说，没有合适的。

什么才是合适呢？

能够结婚，能够给女人安全感。现在我才知道，恋爱和婚姻是如此复杂的事情。有甜蜜，有苦涩，还需要双方的坚守。

能否坚守到最后都是问题。

因为这样，我自认为我对男朋友的选择眼光如此高，对婚姻的质量要求也是理想化的甜蜜无间。曾经以为，优秀而爱我的金如磊就是我的一生一世。

“怎么？分手了？”

妈妈拥有什么特异功能能够知道我失恋的事——我惊讶于妈妈是怎么看出来的，难道是从进门开始我的演技就暴露了什么破绽？

看着我懵了的表情，妈妈的眼神告诉我她确定了。

“那工作怎么样？”

好神奇，妈妈什么都想到了。这些我根本就藏得滴水不漏，妈妈是怎么知道的。

“还好，领导让我去云南出差呢。就是……正好去云南那边看看玉石，开开眼界。”

妈妈没有深究，只是问：“什么时候去云南？”

“明天。”

“云南是个放松心情的好地方，这样也好。应该准备些常用药，我来帮你准备。”妈妈说：“去云南散散心，说不准还能遇到合适的人呢。”

“不！妈妈，我不想再找了。真的。”

妈妈的手心温暖着我潮湿的心："时间，总会治愈的。失恋的痛苦，总是要扛下来，挺过去。"我忍不住扑到妈妈的怀里，泪水再一次肆无忌惮。

好久没有这样在母亲温情的怀抱里，或许真该感谢这次失恋，让我重新在母亲怀抱里，闻着母亲怀中淡淡的甜味。母亲严肃而庄重，从我懂事起，我就再也没有与母亲有过如此亲密的接触。母亲告诉我，女孩子更加要学会独立、自尊、自强。我敬重母亲孤身一人将我养育成人的伟大，却难以投向她的怀抱。

"女儿，我知道你很痛、很伤，人活在世就像是在走一条路。在路上，每个人都难免会遇到很多挫折打击。不管受到怎样的伤，再沉的痛，每一次都必须坚强地拿出勇气迈过一道又一道坎。我们不能阻止旅途中遇到不幸而留下的伤痛，但我们能够把这些伤痛的坑全都填补起来。勇敢地迈过坎，让一切都重新好起来。"

我知道，我懂得，只是此刻真的很难受，痛苦就像野兽一般撕咬着我的心。这是人生第一次失恋，来得这么突然，也来得这么晚。我不愿意让您和我一起心伤，我不能传递给您痛的信息。

渐渐地，泪水停住了，心逐渐平静下来。

妈妈片刻的怀抱，就是世界上最温馨的摇篮，在这里能安然接受心的抚慰。无论走多远，不论年华流转，母爱是最大的幸福，是治愈伤口最好的秘方。

即便我自认坚强，自认是独立坚强的“女孩子”，终归还是个年轻的女孩，一片柔弱的叶子，在受尽风雨后，总要回到这个有着残缺，却无限温情的家。

妈妈拿出一个精致古朴的锦面盒子，我从来没有见过盒子里面是什么珍奇宝贝。这下终于能够揭开多年以来的疑团了。

“这个能保佑你一路平安。你看看吧。”

妈妈是个唯物主义知识分子，怎么又说出“保佑平安”这样的字眼？我怀着解密的心打开了锦盒，盒子里静静躺着一块翡翠雕件。具体说，这是一枚直径约两厘米的翡翠长命锁。

我能看出这雕件的材质是罕见的高冰种、老坑料。绿色的有些发暗，器形古朴典雅，雕工也很细致精湛。我在《艳丽》杂志工作这些年来，也见识过不少时尚的珠宝。我从未听妈妈谈过什么珠宝首饰之类的话，更未曾见她戴过一件玉器、珠宝。真想不到她还珍藏有这么高档的老式玉坠。

“太漂亮了！妈，这是什么时候买的？”

“喜欢就好了，不用问那么多。”

妈妈把玉坠戴在我的颈上，我缠着问这个雕件的来历，可是妈妈生气的样子让我知道我最好别问。

“难道是别的喜欢妈妈的人送的？”我胡乱的猜测，还是把妈妈逼急了。

“哪有别人！”妈妈叹息道：“这是你爸爸留给你的。”

“爸爸？”好奇心就像童年时候提到父亲一样疯长。

对于父亲的记忆，我已经模糊了，只知道一个身影，也不知是不是真的是父亲。

对父亲的印象，是完全不完整的碎片。停留在妈妈无意识说起，和亲戚的描述中。散点的描述，终究拼不起来一个完整的人。

这天晚上，在妈妈平静的表述中，我终于把我爸爸的事拼凑了起来。

4

他来自南阳玉的故乡，是地质大学玉石研究专业的大学生，毕业后分配在北京工作。他经人介绍认识了妻子、恋爱，并成了家。

他是珠宝玉石的研究者，对玉石迷恋到了极致，从事喜欢的研究工作似乎满足不了他接触天下玉石的愿望。

他把刚出生的女儿取名叫“林琅”，琳琅即是精美的玉石。

二十二年前，他不知受了怎样的刺激，心血来潮，辞去了研究所的工作。想要一个人到藏有宝石矿的高山峡谷、深山老林中去开掘、研发玉石。

他对妻子说：到矿区去研究美玉是他一直以来的夙愿，恳求亲自成全他，让他去完成他的宏图志向，让他能迅速出行。他还说：只要几年的光景，待他的研究有所成就，他就会回来和妻子女儿在一起。

事情来得那么突然，妻子有些不知所措。她最担心的是那玉矿在遥遥千里之外，与北京相隔千山万水。丈夫的这一去，不怕是十年八年，而是怕他走的是条不归路。

妻子坚决不让丈夫离开，而丈夫却执意非去不可。二人为此争吵不休。

那时女儿两岁，已经会说话，会叫爸爸、妈妈了。妻子多番向作为父亲的他哭诉衷肠，只期望他能看着可爱的女儿而心软志迁。

妻子质问过丈夫：“为什么对石头这般痴迷？”

他说：“玉石不是普通的石头，玉是有灵性的宝石。我懂石头，石头也懂我。”

妻子只有愤怒地质问：“你懂不懂我？”

他无话可说了，因为他们的相识相知是经人介绍，这样的婚姻怎么是真的长相厮守？

“那你懂不懂女儿？”妻子接着质问，“懂不懂女儿现在还小？你根本不配做一个父亲！”

在无休止的争吵中，妻子拿离婚威胁，居然真的顺了他的意。

闹离婚，似乎真就没了什么责任。在某一天的夜晚，他孤身一人离开了。从此登上遥遥千里的研宝路程，自此果真一去不复返。

妻子在她走后的第二天发现了放在桌子上的锦盒，里面有一只玉坠。盒子里有一个纸条，上面写着：这块玉留给女儿，希望让她戴在身上能永保平安，留给她的一个念想。

在他走后的头两年，每月也还给妻子和女儿邮来一些生活费，就是不肯寄来哪怕只有只言片语的信函。妻子一气之下，干脆拒收所有丈夫邮来的汇款单，请邮局原址退回。来返几次后，孩子的父亲、妻子的丈夫就真的成了断线风筝，再也不知道现如今已经飘往何处。

他抛弃一切地离开了这个原本幸福的三口之家，留给妻子的是无数个孤枕难眠的夜晚。

在每一个夜里，等女儿睡熟后，孩子的母亲拿出这只翡翠玉坠，见物思人。她试图想从这只翡翠玉坠中找到丈夫离开的一点点理由，想触摸到找到这块石头的灵性。

经历了无数个夜晚，终于在某个时候，她似乎从这块翡翠上游走着的那束荧光中发现了所谓的灵性。那种感悟，冰凉而淡然。

她从那天起就喜欢上了这块石头，把这块翡翠视为贴身知己。她没有佩戴任何珠宝玉石的习惯，唯独喜欢在无人的角落里、在遇到困难或烦心事时，把这玉石拿出来抚摸。她认为，是这块石头教会了她对缘分的释义。缘分让人相遇，缘分也会让人分离。而那一心追梦的男子，留下了石头，留下了念想，留下了遗憾，可是剩下的就是她应该做的一切。

留下了这块玉坠，留下了彼此无言的牵挂，也留下有那么一天他能突然回来的理由。

就算是一去不归，女人总是要活出自己的精彩，而她的全部精彩，是事业、也是女儿。

这个故事没有结束。

她没有改变过住址，依旧住着九零年初的房子。有很多很好的男人追求过她，可是为了女儿她总觉得哪里不合适。

她保持最优秀的自己，把家里打理得井井有条。女儿在外地读书去，自己还带着实习的医学院医生。如此充实，如此等着有一天，有人又回到这里。

可是，年复一年，就是没有等来这个家曾经的男主人。

5

我问妈妈："为什么这个时候把玉坠交给我？"

妈妈说："本来是想你结婚时再给你的。可是，现在闺女失落、痛心。希望这个玉坠带来无形的力量，陪你度过人生低谷，妈妈希望你远在异地能够平平安安。"

我没有感受到玉坠有多大力量，反而妈妈的话让我感动得想哭。我不能让妈妈担心，就算此去万水千山，我也牵挂着妈妈。

我淡淡地对妈妈笑着，说："妈妈给我这宝贝，我高兴还来不及呢。我不仅能平平安安，还能高高兴兴，不虚此行。"

看着妈妈还是不放心，我继续强颜欢笑："不就是出个差吗，就是远了点，没事的。"我不知道是不是演技突破，妈妈终于笑着，送我出了小区大门。

我深呼吸。出远门是不能带着泪水的，要有美好的第一步——不断暗示着自己。

一只拉杆箱、一台笔记本电脑、一个随身挎包，一块寄托着深情厚爱的翡翠长命锁。——我踏上了前往云南昆明的特快列车。

火车，更像是逃离和休假。飞机，更像是任务在身的工作者。火车慢得太多太多，反而给我一种舒适感和环境的过渡。

早就想离开北京，去有着新鲜空气的地方畅游。只是苦于繁忙的、无休止的工作，还有和金如磊难得在一起的周末时光……这些理由竟然让我轻易放弃了旅游的愿望。

现在，我逃逸了。抛下了工作，抛下了恋情，除了自己再没有别的，北京这个牢笼终于没能困住我。我看着手机里关于云南的图片，想象着没有杂质的蓝天白云、高山绿水。

现在算是彻底的解脱了！

这方面很羡慕朱媛的洒脱，每年总有一个时间段公休病假连着，去了她想去的周庄、乌镇、凤凰、丽江……原本计划今年要请假去西藏，可是今年出新的财务结算方式部门派她去上海学习。

“而现在的我，不用找理由，就已经在路上。”我发了条微博，有点像自嘲，说起来却显得伤感。我没有忘记自己还是个在失恋中的人。

说起来，失恋的一瞬间就像是生无可恋。

朱媛最伤感的一次失恋，到了寻死觅活的地步，每天我

翡翠 /FEICUI

成分：$NaAlSi_2O_6$；晶系：单斜；颜色：绿、红、黄、紫、黑、白等；密度：3.33；硬度：6.5~7；折射率：1.66~1.68；透明度：透明—半透明—微透明；结晶形态：非均质集合体

都守着她，还拿玩具手铐把她和我的手铐起来，就怕她真如她自己所说的，从二十八楼跳下去。

她那次失恋的浓烈，恨不能弄得满城皆知。她的伤心不用掩饰，就一泻千里，酣畅淋漓。可是我做不到，我选择了藏起来，自信会封存得住。忘记了我根本骨子里就是性情中人，还想要一直隐藏和自我麻痹。

我不敢打开微信，怕金如磊的最后一条短信，我会不自主地点开。这一种伤心，能封存多久，就多久。

正是因为一条微信、一个电话，让我陷入的失恋，让我情绪失控无法自拔。想象着，如果信息没有这么发达，或许金如磊多思考一二，能够挽回很多东西。

可笑，这不是古代，也不是山区。要不怎么在印象中，古人的思念怎么会那么长，就连等一封信就来之不易。

在火车平稳的摇晃中，闭上眼睛。无论有没有梦，闭上眼睛，北京的一切再也与我无关——如果我真的足够潇洒。

梦里金如磊如约和我一起踏上了大理之行，可是在火车上，他自己和一个陌生女子聊了起来，就像不认识我了，一直到火车停住，他也没跟我说一句话……我躲在某个黑暗的角落里，开始出现一个人的背影，他用陌生长者的声音呼唤着："女儿，对不起……"我的心灵最柔软处被触动。我在疯狂地奔跑，而那个声音离我越来越远，我终于跑到了没有任何声音的地方，安然入睡……

6

“这是到哪儿了？”不知过了多久，我醒来，自言自语道。

“到郑州了。”一个声音回答道。

我揉了揉眼睛，对面的铺上坐着一个五十岁左右的女人，她戴着复古眼镜，穿着素雅的淡蓝色文艺棉布衣服，看起来像个文艺工作者。

“谢谢阿姨。”我这算是打招呼。

“小姑娘，是太累了吧？看来，你的路途应该不短。”阿姨的说话音里有浓浓的京味儿。

“没有，还好。”警惕心作祟，我装出一副还很有精神的样子。“也是不知不觉，就想闭上眼睛休息一下。”

阿姨轻轻一笑，好像看透了什么，说道：“你也是去昆明吧？”

这个“也”字的双重意思饶有意味，竟然打开了话匣子。

这位阿姨是土生土长的北京人，因为文化调研工作原因，经常去云南考察和调研，再加上丈夫是云南本地人，可以说算是个“云南通”了。阿姨介绍了大理、红河、丽江、香格里拉、西双版纳等地方以及这些地方独特的风俗民情，我只顾听她说，也没有太多话，她很健谈，说她的所见所闻，说得非常形象而生动。看得出来，她是一个文艺的，很有品位，具有古典气质的女性。

她看出我的寡言少语，便问我：“你是带着满满的心事离开北京的吧？”

“没有的事！”我想掩盖太多的东西，却没想到连陌生人都能看出我的悲伤。

“你睡着了，还流泪呢。或许，你说出来，也就没那么难过了。”阿姨劝道。这声音温柔而清朗，像极了知心阿姨。可是我的满怀愁绪，不可能向素昧平生的人吐露。何况，不是没有吐露过，我向朱媛吐尽了苦水，可是有什么用？依旧带着悲伤上路。

“谢谢，真的有，我也无法说出来。”我毫不犹豫地阻断了阿姨的劝慰。

我连忙转移话题。“阿姨，您的手镯真好看！”

“是吗？”她意识到什么，把手平静地放在卧铺间的茶桌上。她举止优雅温柔，自有一股风度。

其实才一开始见到她，就被她左手上的这只翠玉镯吸引了。我在杂志社见过的翡翠手镯也不算少，可是像这样堪称上品的手镯还真的没有见过。

“水色均匀，看起来通透得就像山泉。”

她听我这么说，直接把手伸到我的面前，让我欣赏个痛快。她的手让我想到古典仕女图里古代女人的手，即使岁月消磨了皮肤的润泽，依旧难掩这双玉手优雅的线条。

我小心地转动着阿姨腕上的镯子，心里只重复着一个词：完美。

竟然找不出半点瑕疵，玉镯的绿色，绿的很正。绿玉的水色，通透见底。散发出灵动的荧光，如山间的清流。美得无法用恰当的语言来形容。

“姑娘，怎么样？”她笑着，有种明知故问的感觉。

“堪称玉镯的上上品，绿色正，质地通透，水色饱满，工艺是传统的圆形款式，古朴典雅。说起来，和您古典的气质很是搭配。”

“说得真好，姑娘你是专门研究玉石的吗？”

“不，不，我只是喜欢，就多了解一点点，我也不是懂行的。”

“谦虚了。像我，我就不懂得这镯子的品质或者价位，甚至不懂怎么看出它是个宝贝来。”

一看她就是个知识女性，怎么会不懂呢？不过想来，“闻道有先后，术业有专攻。”

“那这个镯子不是阿姨您自己买的吗？”

“我还没买过什么珠宝首饰，以前都不喜欢这些的。这是一个男人送我的。”阿姨眼中闪过一丝得意和幸福。

我不禁道：“阿姨您真幸福。”

“漂亮的姑娘，你应该有男朋友的吧？”

我摇着头，鼻子有点微微发酸，可是忍住了。

“在对的时间会遇到对的人的。”阿姨意味深长地说：“缘分和坚持，总会有一个命中注定的人出现，你要相信。”

这时，我的心开始失落，眼神中应该会透出迷茫，我使劲眨了眨眼，就当是窗子缝隙里夹带着灰尘进入了眼睛。

“我遇到命中注定的他，和你一般年纪。轰轰烈烈的爱，实现了我的幸福，也实现了他的阴谋。”

“阴谋？爱情的阴谋？”我追问。

“西方人在他们的神灵面前用相互交换的戒指，拴住两个人的信仰和情感。他说我们的中国玉，包含有天地之灵，岁月之精，每一块美玉都是举世无双，在他眼里就是爱情的象征和见证。玉养人，人养玉，爱情也是要滋养，爱是相互的。比不上钻石，坚韧之极，也璀璨之极。玉要好生爱惜，用心呵护，爱情也是。玉的光泽淡然，平静如水，细水方能长流。大概这就是‘坚守’‘长相厮守’的一种解释吧。”阿姨的谈吐也很文雅，文雅中又夹杂着文人特有的婉转和深情。

话里有种偏执的中国古典意向的解释，反而使我开始有所开悟，爱情不一定是理想中坚不可摧，闪耀璀璨的，而是淡然的两个人共同守护，持之以恒，是为长久。

“真的一起生活了，才发现男人说的话虽然酸了些，可是真有道理。结了婚，哪有永远热恋时候的你侬我侬。在一起，不愉快的事情越来越多。每一次情感不堪重负的时候，我们都会想我手上这玉镯。玉不磨不成器，两个人总要磨合。玉石易碎，碎了就难以回到最初，岂不可惜，所以要小心呵护。玉石需要滋养，爱情双方也是。我一向不喜欢俗物的装饰，唯独有这玉镯一件首饰，一件就足够。感谢他套住我的这只玉镯，向这宝贝学到了不少道理。这玉，难道不是滋养了我的心，我的爱吗？”阿姨十分投入的样子，讲述她的生活和玉的故事。

我很羡慕这样如玉般温润的感情，何时我才会拥有这样一只滋养心田的玉石制品。我摸了摸颈下的翡翠吊坠，期待着同样而不同性质的滋养。

“阿姨，您真的很幸福。”我发自内心地道。

“对，我已经非常幸福，非常满足。”她微笑着，由衷的幸福感流露出来，却是如其人一般清淡。她说她不懂玉石，对于她来说，这玉镯不是好看的饰物，不是价值不菲的收藏，也不是身份财富的炫耀，而是她长相守的爱情。

想到这里，我似乎被其人其玉打动了。看着她分布着皱纹的眼角，有着岁月的憔悴，她的眼眸比刚才更加水润，是想起什么悲伤了吗？可是她的表情依旧那么淡然，也不像强忍着什么。

“那么阿姨，您这次怎么独自一个人去云南呢？”

“不，没有独自，我们一起去。”

我疑惑着，这么久也没有见到阿姨的同行者。阿姨看出我的疑惑，用手指着她的铺位尽头，有一个方方正正的黑色包。我能想到，阿姨想说的是“他在那儿”。里面有骨灰盒……我的心由惊讶顿时变成一阵酸痛，快要哭出来。

阿姨却显得很平静和淡然，“死生之事，是很自然的事情。虽然相守到头了，可是守候依然。他是云南昆明人，恢复高考后的第一届北大历史系学生。我要送他回家，把他安放在他魂牵梦绕的家乡，美丽的彩云之南。”

“飞机很快，三个小时不到。可是啊，我第一次跟着他来云南，坐的就是火车，那一路，我对神秘的云南充满了想象，就像现在的你。”

可是怎么能一样？阿姨那时候是夫妻还家，而我现在分明是在逃避。我笑了笑，说：“可是最后，您的先生还是和你在北京安了家。”

“他幼年不幸，双亲很早就不在了，与爷爷相依为命。

我第一次来云南，就是和他一起守到他爷爷最后一刻。北京是他的学业、事业和梦想所在，故而在北京安家。现在，他又可以回到家乡，与爷爷一起。”

她淡淡地一笑，那一笑在我看来是如此辛酸。我想阿姨的丈夫不仅是学业、事业在北京，更有爱人、心之所属在北京。

“那这玉镯是……是他的传家宝吗？”我大胆地猜测。

阿姨点点头，缓缓地道：“他告诉我的，这是奶奶的遗物，被爷爷守护着，直到遇上如玉一般的女子，为她戴上。”她眼神中掠过一丝骄傲，一丝怀念，可是气度依旧这么平和。“虽然我还是始终猜想不明白，玉是什么样子，人是什么样子，如何能等同？”

我猜测眼前的她，在年轻时候一定是个柔媚而知性的女子，他的男人没有看错他，应该是气质如兰淡雅，心性如玉润泽的女子。我按照所想回答了她。

“或许你们把一个人想得太美好了，真是惭愧。”

“阿姨，您是要打算陪您丈夫在云南了，是吗？”

阿姨深深地点点头，“不是说了吗，爱是相互的，他陪我在北京三十六年，我陪他在云南剩下的日子，无论多久。至于在北京和国外的儿女，他们自有他们的人生。这也是我独自上路的原因，毕竟这是我和他之间的事。”

阿姨知性、感性的话语中，我聆听完这一段美丽的爱情，他们虽然生死相隔却仍不离不弃，我被感动得眼泪打转。她的思想如玉通透，她的故事打动着我，使我这次怀揣忧伤的旅程增添些许光明。

“谢谢阿姨的分享。真是羡慕，就像是一场美梦。你们的情就在这独一无二的玉琢里，任岁月风雨，任天人相隔，他的心就在这里，与您相依，不悔此生。”

路过隧道的漆黑之后，我看见阿姨眼角的泪水，她却没有刻意擦去。而是坦然一笑：“姑娘真会说话。这么煽情，我都快被酸倒了。这么好的女孩，一定有段属于你的如玉般的爱情。没什么好羡慕，也不要怀有迷梦，属于你的就是你的，实实在在的。”

我们的海聊开始了，我继续听她讲十里不同风、百里不同俗的云南。听一个怀着生命哲思的北京阿姨，缓缓地忆云南，说云南。

在她眼里，云南就是她的第二故乡了吧？

在对话中我突然有种幸福和平和的感觉。时来运转，这是路途美好的开端。

7

因为自责放弃了事业，我不怕重新来过。

因为重新来过，我要来云南做一个旅人。

越接近云南，我感到天越来越蓝，树越来越绿，从旅途开始，我就下定决心做一个纯粹的旅人。

心中一无所有，所以无所畏惧。

在哪里存在，就在哪里绽放。不要因为难过，就忘了散发芳香。

——渡边和子《就在你所在的地方生根开花》

大家都在说，人生需要一场说走就走的旅行。那么我的寻找，也是说走就走的吧。我不知道自己在找寻的是之前的那一丝心动，还是在找寻一个问题的答案。我甚至不知道答案的最后是什么。不在乎君心是否似我心，不在乎最后的结局。我一边欣赏着这一方水土，一边用旅程填补我放空的心。

第四章　半场风月

1

“真羡慕你们这一代人，更加敢于追求自我。不被一些固定了的牵绊束缚住，想怎么样就怎么样。看起来我以前真是做了很超前的事情，背井离乡，带上一把吉他就行走于天涯。”大猫看上去像是在吐露上一个年代的人那种独特的不满情绪。我只是轻描淡写地说了我来云南的经过，看多了人间世事的他也不觉得奇怪，只是表达一下自己的想法。

“说得我好像要和你一样，以后就留在云南了。”我只是淡淡笑着，“不过云南的空气真的是很奢侈。”

大猫继续看着我手上的玉手串，笑着说：“那你是放下以前的石头了？来云南重新来过也没什么不好。”

我拿出手机，看起了“鸣珂”的微博，依旧没有回复。

手上的手串在屋子里温馨的灯光下色泽显得温和起来。我自顾自回答："我现在的心里有比寻常石头还要重的东西，在寻找一个答案。"

"文青，一代更比一代难懂。"大猫豪爽地笑着。

笑声中，段一平回来了。他的脸上依旧是在深思什么事情的样子，脸上没有特别的表情。他扫视了我和大猫一眼，只是淡淡说道："你们看起来聊得挺好。"

"都是萍水相逢异乡人嘛。"大猫手臂搭了下段一平的肩膀。我问他结果如何，有没有手串主人的下落了。

段一平轻轻摇摇头，点了一杯乌梅汁，才缓缓道："那个人到过这附近的一家玉石店……我们要找的这个人，大概是珠宝玉石类的顶级玩家，我想我们明天再在大理一天等等消息，之后可能要奔波了。"

我的心瞬间又有一种失落感浮起，就像今天白天走遍客栈也找不到"鸣珂"一样。"鸣珂"这不是与玉石有关吗，他的博客里总是有一大部分关于玉的文字随笔。原来他是珠宝玉石类的顶级玩家，那么，我手上的这串在他心里又是什么样的地位呢。

"奔波没事，反正你一定要带上我。"

"其实……你没有必要的，我可以答应你，一找到人就联系你。"

我不由自主地认为段一平这是不想带我去找，“既然协议都定下来，怎么能反悔。”

“哦，阿平，原来是答应人家姑娘的事啊。大老爷们儿应该守信啊。”大猫起哄道。

阿平闻言，居然没有一丝不好意思，而是轻轻叹了一声：“既然这么无聊地坚持，那我是无所谓的。”

大猫冲我笑笑，说：“姑娘别介意，主要是阿平不好意思开口，怕他心上人误会。”

我拨弄了一下手上的翡翠玉珠，认真地对阿平说：“不是有句话，叫作清者自清吗？”说实在，段一平这样的是很符合传统审美的那种浓眉大眼的军人之类，而我只是欣赏，却没有任何心动。毕竟，这个人到底算不算朋友都有待斟酌。

“看起来，人家姑娘喜欢的不是你我这款。”大猫再次爽朗地笑了。说着便提出要唱歌助兴，约着其他桌的熟客要一起唱。

大猫拿来一把看上去很有年代感的木吉他，说：“来点歌，一人唱一首。”

“你都会嘛！”一个看上去很成熟的浓妆女人调笑道。

“我大猫是中华小曲库啊。”大猫大言不惭地说笑着，转身对我说：“来远方的客人，您先点？”

“那……我们一起唱朴树的《旅途》好吗？”我突然很

想和这个刚认识聊天的异乡人一起唱这首歌，我们都是在路上的人。

“得令。”大猫还特地用了京剧腔回应，他的幽默和大气让人快要忘却了他是那个负心故事里的男主人公。他只是一个漂泊的人，心里想着回家，而他的家在哪里只有他自己说了算。

“……这是个旅途，一个叫作命运的茫茫旅途，我们偶然相遇然后离去，在这条永远不归的路……”

段一平也和大家喝着酒，唱起歌，这让我很意外，他白天严肃的样子以为他是告别了娱乐活动的人。他唱的歌是《那些花儿》，还笑着说他自己就靠这一首打遍天下。

他看着时间，他又认真对我说：“明天还想找人的话，十一点之前必须走了。”

在入梦前，我轻抚着冰冷的玉珠，耳畔依稀回荡着大猫略显沧桑的歌喉唱出的那句“路过生命中漫无止境的寒冷和孤独”。

2

“红龙井，一个个绚烂的不眠之夜，多少青春在这里张扬和释放。百年前的静谧，不再有人提起了。——鸣珂随感。”

“大理古城的青石板街道，永远宽敞地展现着古今的姿态。我开始和丽江古城做一个对比，可是后来发现，魅力完全不同。人们喜爱的应该是他们最原始的模样，没有喧嚣地在那里，等着世人去赞美。——鸣珂随感。”

“洱海在日光下就像璀璨的明珠，每一次都是不一样的惊喜。什么时候我才能把对它的感觉刻出来，还没有刻就已经满怀感动了。——鸣珂随感。”

……

我读着“鸣珂”关于大理的微博记录，每一条我都在对应着到过的大理景点。段一平开着车，也没有问我在看什么，我也没有告诉他这个微博的事。毕竟说出来我和那个人是网友，很可能会节外生枝。

车到了目的地，刚下车我就看到了熟悉的地方，这里不就是我和手串主人初相见的地方吗？我没有告诉过段一平，段一平却先说：“那个人到过这里，有工作人员看见当时他还戴着着手串。”

我惊讶于段一平消息的灵通，是的，当时他确实戴着这手串。

“哦？还有呢？”我躲开了段一平的目光，远看着洱海。

“所以，我再去问问。”

“那阿平哥你去，我在这走走看看。”

天蓝和湖泊蓝让人忍不住要静静欣赏这美，云彩那么近，好像触手可及。和那天又是不一样的心情和光景。

3

那天，清澈的湖水见证了我们的相遇。

当时我在湖畔的近滩边，这里没有围栏，便于欣赏湖光山色。因为不是旅游旺季，人也不是很多，更多了几分惬意。

我沉浸在仰望蓝天白云、遥看远山近水的享受中，回头看到一只漂亮的孔雀图案的风筝在视线里，是一个中年男子带着一个小女孩在放风筝。大理的风大，小女孩抓不住风筝，是爸爸在用力拉着。看着这父女开心的画面，又看看远处的风筝，我心中似乎被莫名的缺失而触动。

我甚至都不知道父亲的模样，更别说和父亲一起放风筝、玩游戏。那位父亲的眼中尽是怜爱，小女孩眼睛里止不住的童真和快乐。我不知不觉想起我离开家时，妈妈和我说的那些话，忍不住内心的感慨。

看着看着，蓝天白云背景中的风筝像是脱线越飞越远，越飞越远。

我不知为何踩空，落入冰凉的水中。本来大学时候是学过游泳的，可是心里一阵惊慌失措，再加上周围的焦急的声音，就真的忘了自己还会游泳。

“憋气！别呛着水！”我不知道被哪里来的双手扶住，这应该是跳下水来救我的人。我也暗示自己，“我会游泳，没事的！没事的！”

我被救起上岸，救我的是个精瘦的男子，他把湿了的T恤脱下来，拧了拧水。看到他潮湿的脸庞还挺清俊，他看向我，笑笑说:“有惊无险。”我当时懵了一会，才先道谢:“谢谢你！”

“姑娘，有什么想不开呢？”原来他以为我是自杀的人，我连忙解释：“没有、没有的事！刚才我是发呆。”

“是哦！我糊涂了，不好意思，刚想起来……原来你会游泳的。”他笑道。

可是我真心是感谢，因为陌生人落水，他能第一时间不顾一切跳下水救人，这样热心的好人真是很少了。

反而使得我不好意思起来。

“你戴的翡翠长命锁真好看，质地好，雕工细！”他居然注意到我佩戴的饰物，开始称赞起来。“有长命锁庇佑的女孩子，果然是受眷顾很多。”

我这才注意到他手上戴着一串翡翠手串，本来我也想夸赞回去，可当时太过于狼狈，而且毕竟有围观的人，本来落水就已经觉得很害羞了。回了一句发自内心的话:“那还幸运，遇到好心人。谢谢你，也谢谢它。”

“就算是有它保护你，以后一定要小心啊，自己的生命要小心爱护。”他笑起来很阳光，那种感染力无法言说。我对他点点头。

在工作人员的帮忙下，我们终于休整好，换上了新的干衣服。

似乎我说得最多的就是“谢谢”，而他说得最多的是“应该的”。

这是第一次有被陌生人保护的感觉，这种感觉让我都不觉得周身冰凉了。或许女孩子总是有这样的渴望，渴望着遇到危险会有英雄来拯救自己、保护自己。那是渴望幸福的感觉。金如磊让我感到过幸福，是各种节日的礼物，是生病时候的问候和照顾，是逐渐少去的甜言蜜语。

都说陌生人无来由的真心救助，才是真正打动的幸福。现在回想起来，真是确定了这一点。

4

“想什么呢？”

眼前一只手止住了我的回忆，就是段一平在我眼前挥手。

“其实……”我快要爽快地说了出来，制止了自己即将说的：“我和他相遇就在这里。”

“什么？”段一平反应很快。

“他是个很好很好的人。”

“然后呢。”

“没了，这是个人隐私。”

我提议请段一平去附近的一家鱼庄吃饭，我回想起那天，也是和“鸣珂”一起去吃了饭。我按着方向感，可是还是不行，我只记得那是一家沙坝鱼很出名的饭店。当时本来说好他带我去，我请客。于是，我只能和段一平说这里哪家沙坝鱼最有名。

果然，按着段一平的走法，走到了这家。

“是你啊，金花，游客还很少来第二次的呢。”没过去几天，店老板还记得我。段一平疑惑问：“你之前来过？”我却也没解释那么多。

段一平算是尽地主之谊，主动上去点了菜。而上次，手串主人带我来还特地交代厨房说有外省的朋友，不要太过酸辣。

这次吃鱼我基本没有说话，段一平只当我是吃沙坝鱼小心刺不愿意说话。其实，我想起那天第一次品尝这大理美味的情景。

“姑娘有文艺气质，来大理散散心很好的。但愿刚才的事故别影响的你的心情才好。”他主动说话，缓解了陌生人间的尴尬。而我看他的样子很是随心。

“不会的。本来我也是来放松心情来了。”

“我冒昧问一句，其实我刚才注意到你，似乎有忧伤。来大理遇到什么难处了吗？”

“没有……只是想到一些事情。”当时走神就是因为把情绪带进旅行中来，可是这些又怎么能跟人说的。我连忙转移话题：“像你这样热心肠的好人真的不多了，感谢！”

“看到自己力所能及的事情，不是很自然要出手吗？再说，我也可能添乱了……”

“怎么会？你算是救我一命呢。”我很客气地说，似乎想到了很古老传说故事里的英雄救美，人生很难遇到这样的传奇，而且还是身在遥远的云南。“都是有缘吧，说不清楚我们就别再纠结了。”他回答道。眼前这个“英雄”，确实让人很想和他做朋友，他身上有种热忱和细心，还有随性的洒脱气质。

我应该敬他这样的“英雄”一杯，点了一瓶啤酒。他让服务员拿来杯子，把啤酒仔细倒进两个杯子后，从包里取出刚才路上买的话梅，分别放进去几颗。他没有解释，只是这啤酒入口却显得非常特别。

“这鱼很好吃，可就是刺多，要小心，慢慢吃哦。”他告诫道。

“难得的云南美味。刺多也算是遗憾，真是没办法。”我无心地说。

“遗憾太多了，都来不及遗憾。无限美丽和无限可能都是可以尝试的。”他的谈吐中有种简单的哲思，像是指引，却更是表达。

“真的美味！算是我来云南的第一餐正餐。”他调侃还不要拍个照来“消消毒”，可是我却没有发微信朋友圈的心思了，留住这感觉就已经很好。

我们有时间可以相互称赞了彼此的佩饰。作为珠宝杂志的编辑，我总是对珠宝玉石有着来自职业习惯的兴趣。我观察到串珠正圆形，粒粒圆润饱满，水色和碧绿交织，每一颗都透着夺人心魄的美。它应该拥有不菲价值、罕见的质地，配在他身上显得活力无限，充斥着美好的希望。

“玉石有灵性在，你的这玉，和你这个人真的相配。”

“说得好。玉，把美的情感、美的念想、美的憧憬、美的追求带到你的心里。滋养你的心田、涤荡你的心、净化你的灵魂。这就是玉的灵性，这就叫玉能养人。”他清亮的眼眸透着智慧，那一瞬间，我竟然有种怦然心动的感觉。只是，毕竟我是个过客，或许几个小时后就与眼前这个人再也不见了。

我们开始聊生活，聊人生，因为抽象而显得有距离感。

他给我看他发在微博上的大理樱花美景，我给他看我来大理的路途上，拍到的云南的云。

直到这顿饭结束，似乎我们一直没有提到彼此来自哪里，姓甚名谁，等等这些私人的话题。就像是刻意，就像是默默越好的，不愿透露现实信息——反正这顿饭后，就是路人甲乙丙丁，或者是普通网友。

他还是在中途悄悄去结了账，说：“不能让云南的客人开钱。”

我很是不好意思：“那如果有下次，一定我请。”

他笑了笑，说：“好，和你聊天很愉快。”

我点头：“Me too!”

“再见。”

“再见。”

我们的告别显得简单而快捷。

那天晚上，看他的微博看到很晚才睡。

白天的时候，“鸣珂”差点误以为是他的真名，他说他看一本梁羽生的小说，觉得“岳鸣珂”这三个字很好听而已，并不是真名，不过当真名使也求之不得。

而我，微博 ID 就是“琳琅”，真名就是林琅。真名知道后就没意思了，或许真的这样吧。就在这样陌生的美好中，保持感觉，也保持距离。这像是我们彼此的约定。

“你吃鱼这么高兴啊？”段一平打断了我的回忆。

“是啊，第二次吃更有感觉。”我回想着前不久的情形和不变的滋味。

“云南十里不同风、百里不同俗，每个地方都有自己的美味，可能你要是每样来两遍，怎么都是吃不够的。早知道带你去吃别的，丽江腊排骨就不错。”

“没想到你还是个地道的吃货。”我也跟着调侃起来：“那么这段时间跟着你，有口福咯？”

“别误会，我只是有义务向外省朋友推荐我们云南。不然，你们总是曲解云南。”段一平又认真起来。

我感慨于他这样认真的眼神，我轻轻转动了一下手串上其中一颗珠子，道：“我对云南始终抱着很多期待。”

5

段一平终于和我介绍起云南来，我以为他会一直严肃下去。原来他虽然说起普通话来慢，可是还有无法言说的古道热肠在。

“那你们怎么会住在同一家客栈？”原本嘻嘻哈哈的段一平，一下子又严肃起来。

“我哪知道？我说是缘分，你相信我吗？”

段一平摇摇头，可是我都只能把这个契机说成是缘分。

短暂的告别后，再相遇。

在与“鸣珂”相识的第二天，我在客栈里的花园里见到了他。

他颇为惊讶，“你……住在这？”我把欣喜化为淡然，就像是对熟人开玩笑：“真怀疑你跟踪我。”

“我都怀疑自己在跟踪你。”他自己也笑了，还是那么阳光。

原来他当天住进了这里，本怀疑他是不是跟踪我。明明昨天我没有说住在哪里，或许这就是机缘巧合。

“我今天也在这落脚了。你和你朋友都住在这吧。”他以为我是有同伴一起来的，我心想：我就是一个人，一场说走就走的旅行，莫非这大理是情人专属的吗？可我却没有答话。

“要不请你吃饭吧，这次轮到我。”我说。没想到他却礼貌拒绝了，理由是要忙一些事情。

来去匆匆，是不是真的存在着缘。当时根本没有想什么机缘，或者什么美好的畅想。

“鸣珂”就像一个口头的导游，不仅在吃饭的时候介绍，还在微博上分享着大理最近有意思的景点，就像特意给我看的。这样我也好制定计划吧，我计划是两三天放下心来，熟悉环境，然后旅行。

好像遗忘了什么？

打开微信，不自觉点开金如磊发来的最后一条信息：“听说你辞职远走了。请你忘了我，一切顺利。”

或许心还有什么放不下，把金如磊彻底删除才行。毕竟他真的就这么负心而去，又有什么好留念的呢。

既然要遗忘，那就彻底一些。我不想再计较原因。

前台的服务员小姑娘发着什么券之类的，说是老板入股的一家酒吧今天开业，入住客栈的客人都邀请去免费体验。

我一看，券上印着很有个性的字体和文字——“爱来不来”。这四个字真是诱惑叛逆的年轻人，有酒，或许能消愁。

段一平接电话总是有意避开我，之前的约法三章我还记得，不能过问他的行动。好几次接到电话，我都是止不住的紧张。因为有线索了。

果然，我们将要去下一站——“爱来不来”酒吧。

我本来抢着去付钱，这一次还是没有赶上。就像上次也是在这个饭店，男人总是中途找个借口去抢先付钱。

“下次不要这样了，好不好？你要尊重女性，大不了我们 AA 好吗？”

“我们这儿的规矩，都是男人买单。入乡随俗。”

“我不管，反正以后我们就 AA，要不然就我先付。”

段一平一点也不认真地说：“好好好，看情况。”

“不行！”我打量了一下他，也不是全身名牌的土大款，说：“你以为你很有钱吗？”

或许是我的声音略大，段一平看周围路人的眼光有点不对劲，便悄声道：“小姑奶奶，小点声，别这么暴露我有钱好嘛！”

“看不出来啊……”不知道他是开玩笑故意这么说，还是别的，我只是觉得越发琢磨不透这个段一平了。

“走啦，我们去‘爱来不来’，你‘爱去不去’？”

我连忙跟上他的脚步。

6

正好是白天，酒吧显得很安静。和我之前来时根本不一样。印象中的“爱来不来”酒吧，里面非常热闹的样子。

是古朴的暖色木质装修，灯光轮转，三百六十度闪烁。当时我一袭淡然的白裙，和这里似乎格格不入。

和那天一样，前台的服务员是一身白族服装的小姑娘，那时候她热情地推荐我招牌特色梅子酒。我为了适应气氛，就找了一个偏暗的角落坐下来，酒吧对于我来说，就是体验别人的狂欢，饮下自己的愁绪，无论在云南或是在北京。

我喜欢这样于一片喧嚣和狂欢之中，保持沉默和安静的感觉。这样，忧伤才能凸显，却无法释怀。

而现在，除了安静，还是安静。白族服装的小姑娘依旧很热情，只是大概不是那天的那一个人。

“欢迎光临……二位要喝点什么吗？”这个小姑娘普通话说得非常好。

“谢谢，这位金花姑娘，我们就来点梅子汁。顺便跟你打听一个人……”我还没说话，段一平就耿直地说了来意。

“这里这几天人太多了，可能都不记得那么清楚。”

没想到段一平直接提出想见老板：“我们要打听这个人和你们老板是朋友，请问老板在不在？”

“老板就在昨天和一个朋友去保山了。”

段一平又继续细问着。我心想这次线索可能又是断的，不由得一阵失望。看着酒柜里贴着梅子酒标签的玻璃酒缸，想起第一次喝梅子酒的经理，想起那一天我也曾一醉方休，想起那天的惆怅和闹剧。

“……孤单，是一个人的狂欢。狂欢，是一群人的孤单。爱情，原来的开始是陪伴……”酒吧放的音乐，不是当下的流行歌，而是八零九零后记忆里的经典歌曲。阿桑的声音、周围的狂欢，唤起了我的伤感和孤独，或许正是想一醉方休的心情。

小姑娘送酒来，那热情的笑容在微光下都显得明媚。眼前一只 15 公分的玻璃杯，斟了满满一杯黄中泛红的酒，酒香清甜，颜色诱人。

我迫不及待喝了一口。味道甜酸均匀，很少酒的辣劲。佳酿一下就顺着喉咙滑了下去，好像没有感到有多少酒的味道。

好喝，好酒！一下子觉得脸庞有些发热，酒气开始氤氲原本的清醒。我猜想这恐怕就是酒力在为解除疲乏而使劲吧。

我轻轻咂了咂嘴，回味着酒香，口里回荡着梅子酒的那股酸甜，好酒。

“再来两杯。”我对服务员说。一杯很快喝完，感觉意犹未尽。酒和美好的爱情一样，很容易让感性的人上瘾。

“美女，一个人喝酒有什么意思呢？”一个看起来很活泼的小伙子过来搭讪。“我来陪美女喝一杯。”

在醉意的驱动下，还觉得这个小伙子长相还有几分像金如磊。我没有搭理他，只是自顾自饮。

“梅子酒不算好喝的，现在大理流行喝一饮相思。”

相什么思？分就分了，还有什么可“相思”的？我讽刺道：“喝下去不是更痛苦吗？就像打碎了牙往肚里咽。”

“美女是北方人？男朋友没来大理，一个人是吧？”小伙子笑嘻嘻地把这“一饮相思”放到我面前。

这话触及了我内心的敏感处，想到和金如磊好了三年，说好了要一起来云南大理、丽江，可是终究约定随情感一起破碎。

“没有男朋友怎么了？”我愤愤地说。

“对！这样的美女，没男朋友怎么了，来，喝了这一杯，根本不缺什么男朋友。”小伙子像是很会来事的人，可是我对“一饮相思”一点兴趣也没有，我继续拿起梅子酒，小伙子主动来碰杯后，我一干而尽。我觉得酒的后劲开始加重，眼前事物似乎也有点模糊，真好，可以一醉。

“……只是心又飘到了哪里，就连自己看也看不清。我想我不仅仅是失去你……”

听到这句歌词，我开始抱怨，之前竟然没觉得这首歌这么长。活泼的小伙子抱怨这歌不够激情，应该换一首劲爆的。

在很多人的印象中，大理的酒吧会产生艳遇、一夜情之类的来释放躁动的欲望和孤寂的内心。

看着这些年轻的生命在这里绽放，我竟不知这是点燃热血，挥霍青春，还是消遣光阴，举杯消愁愁更愁。

我抑制不住，眼泪终于流了出来。

可是如此镇静，只是流泪，没有哀号，没有失礼，没有乞求怜悯。

无论如何不要在陌生场合、当着陌生人哭泣，可是此情此景，趁着酒意，我哭起来了。反正除了这个小伙子，也不会有人看到。

“美女别伤心啊，有我呢……有什么跟我说说……”小伙子站起来对我说，要扶我的肩。

“欸……好巧啊！”一个比较熟悉的声音大声地对我打招呼，在泪眼蒙眬下看到确实是他——“鸣珂”。在不足的光线里，在醉意蒙眬下，我还能认出他清俊的容颜。

他拍了拍小伙子的肩膀，说：“我是她的朋友。”

我擦了擦眼泪，点头打招呼：“你也在这里？”

“一直忙。”他无奈地笑了笑，随意地坐在我旁边。“其实我刚才就一直站在边上。”那个小伙子苦笑着，拿着“一饮相思”默默离开了。

他双手自然地搭在桌子上，翡翠手串在仅有的光线里依旧水感十足。他继续说：“可能你太投入了，所以没有注意到我吧。”

“想起一些不开心的事……”我缓缓道，眼睛里竟然还有眼泪徘徊。

“难怪一开始就觉得你眼神中总是有股忧伤。”他叹气道:“想哭，就痛快哭出来吧。释放出来就好。”

“陪我喝酒好吗？”我已经不在乎别的，真的想醉一场。

“好！可是要有度。”他爽快答应了，还叫了几杯梅子酒。

我趴在桌上的泪水涌出来，真的哭出声来，任悲伤恣意狂欢，他轻轻地用手抚拍着我的肩。

“对不起，我忍不住……”我自知很失礼，反应过来，似乎已经过了释放的那个点。

“没事，只要你高兴就好。”他的目光里有着明显的同情，正是我所不屑的。“学会遗忘一些抓不住的人，也是一个需要学习的本领呢。”

“你知道我是被辜负的那个人，才这么说的，是吗？”

“不知道，我也不会试图了解。有释怀过去的方式，有选择未来的眼光。这样的路才会越来越光明，不是吗？人的心情和玉石一样要雕琢，需要选择什么质地，雕刻成什么样子，都是自主的，人的追求也只有越来越美。”

他说得很随意，表情也不那么严肃，只是眼神与我对视着，使我的泪水也流不出来。

他将杯中酒也一饮而尽，继续说：“有酸涩，也有甜，痛饮生活的满杯。”

“痛饮生活的满杯……”酒劲又上来了一层，才更明白这几个字的分量，可是却说不出什么感慨来。

“你说话真像个大叔。”我毫不客气地说。

“不知道为什么，在你面前想说这么多……不过你不是第一个叫我‘大叔’的。”

“好好好，我想回去了……再一次谢谢你……”我喝完最后半杯，就起身。

感觉头重脚轻，脚底一软，正要倒下，他赶紧扶住了我。“看来也真的差不多了，我送你回去？”

“不，不要，我自己可以。”我推开他，却一个重心不稳又坐回椅子上。“我一个人走在路上，没什么大不了。”

“琳琅……”他无奈地笑了笑：“真是执着的人。”

就在刚才的一瞬间我突然想，或许放下这些执着，真需要好好地雕刻自己的生活。可能思想意识开始游离，我竟分不清楚是真实还是梦境。在酒的作用下，往往能突破太多的束缚。我挽住他的手臂，说：“谁执着了？”

7

梅子汁的滋味少了酒气，显得更加纯粹。不一样的甜、酸、香交织在舌尖，这是大理的味道，是真正风花雪月的味道。我在想，没有那天的酒，那月色可能更加清朗，那感觉不会那么朦胧。可是，如果那天没有酒，我不会碰触那颗君子如玉的心，也不会靠这手串那么近。

我还依稀记得，那天夜里，月色下的青石板路，还有扶着我的人臂膀的温度。

我们两人的呼吸，如此近距离，却有种陌生的疏离。走着走着，我越来越疲惫，脚下也没了力气。

我感到他把我抱起，一种熟悉而陌生的感觉，随着这个久违的公主抱被唤起。他的怀中透着阳刚之气，在酒力的催动下，不知是气息醉人还是酒的后劲上来。

凭心感觉，他和其他男子是不同的。他清爽而让人舒服，举止间隐约有绅士风度，夹杂着从容的随性态度。名叫“鸣珂”

的微博里那些诗情画意和生活思考，看起来为人正直通透睿智，配得起他那串翡翠珠，我想象中的词，或许是“君子如玉”一类，或许想象得太梦幻，太理想，或许他真的是一个梦而已。

待我将梅子汁喝完，段一平的话也问得差不多了。

这一次，我终于因为仗着有零钱，抢先付了。虽然不多，可是心里却舒服了一点。只是这个白族姑娘却眼神异样地看着段一平，段一平无奈地朝我说起了很别扭的北京腔：“你这真不够哥们儿啊。”

“就拿我当哥们儿吧，说好了 AA，我们换着来。就算是你有钱也不行，我回睡不着觉。”

段一平笑了笑，好像是那我没办法要成全我的样子。

再过几个小时，这里将是一片喧哗，就像那天的样子。如果“鸣珂”还会回来，就算再喧嚣我也愿意在这里，不过听刚才他们那么说，“鸣珂”今晚来“爱来不来”的几率是非常低的。

突然觉得，这个酒吧的名字真是老板别出心裁的——“爱来不来”，就是那么随性。

“明天我就要去保山，不知道你方不方便？”

段一平突然这么绅士地说话有点不大习惯，我没有去过保山，之前杂志上介绍过别的编辑编的南红玛瑙和黄龙玉专栏，再有就是“鸣珂”微博的各种随笔上介绍过。

我不慌不忙，也很有礼貌地回答：“方便，谢谢你遵守承诺。”其实，我心里在怀疑，他是不是就想丢下我，一个人去找。

“见你在酒吧发呆啊，是在想人吗？”段一平的目光又一次停留在我的手上。

“你以为你会读心术吗？就算是在想吧。”

“连人家名字都不知道，你是怎么去想？”段一平一股套话的口吻。

“我知道形象和气质，也就足够了。”

“那你说说他长什么样子？”

“……叫我怎么形容？难描难画？或者其实他在我记忆中还是朦胧的。”

段一平也没有再理会我，我明白，明天就要离开大理，或许就要在保山见到心中所期待的人了。

见到他，说什么呢？

这个问题或许我想一夜都只是胡思乱想。“鸣珂”除了玉石玩家外，还是什么人？引得段一平这么找他？或许我应该更加纯粹一些，带着回忆睡去就好。

就是在“风花雪月”客栈的这间房，我努力想着，这里还有属于他的气息存在。然而，毫无痕迹可寻。

我信任“鸣珂”。不知道是直觉还是太主观。

酒醉还有三分醒，我隐约还记得那天发生的，真要叙述和补充，大概也是像梦一场。那天我带着几分清醒，放心地交给他房卡。

“到了。”他推开了门，扶着我开了灯。模模糊糊中，感觉到他要把我放下来了。

“我……”我不知道要表达什么，看着他如星般的眼眸醉意更浓，我也不知为何，我抱住了他，向拥有精致轮廓的唇迎了上去。

莫名的甜蜜感和湿润感，触动双唇的同时，也滋润到心。当这种温润离开我的唇齿，情的释放不由自主。

“金如磊没有得到过我，任何男人也没有得到过我。”我很开心而自信，这是在期待着什么。“所以他总是觉得，我给他丢人了？”我不知道我自己是说出来了还是没有说出来。

我感到床的舒适，灯光的温馨，还看到朦胧中这个已经理想化了的男人，离我如此近，如此亲密。

“你是琳琅美玉，不能让你的玉洁冰清留下遗憾。”他的话语拘谨，带有一丝叹息。“激情什么时候都有，而真心难求。”

我没有睁开眼，只是感到抓着的这双手一点点离开，“你是谁？能陪我一会儿吗？”更像是梦了。

“我要把我心里的破烂石头打碎。可以吗？”

“可以，不过。你不能把玉随意摔碎，好吗？”

似幻似真，原来一时激情，还是在如玉的冰凉下，消解成了沉睡的梦。

第一场大理的风花雪月，终究只有半场，我更加深深记下了他。有一种风花雪月，是自己才知道的浪漫感觉。或许跋涉千里，只为这一场初相遇。

手串的主人，亦是我心中一泓清泉。

一场梦醒来，梦中的主人公除了这串手串，什么都没有留下。

据说主观的想象能够操纵梦境。我进入梦中，想象他的轮廓，追问玉手串的原因。

8

我在洱海边等待着带我寻找他的人。

洱海在倾城的日光之下，透出一片澄澈和晶莹。

我迎着大理的风，任它肆意吹乱原本复杂心情。还好，我有这手串。一颗颗翡翠珠沁凉清润，从手心里投给我如清泉般的冰凉。一瞬间，满目的天光云影和醉人的碧绿，同时沁入我心。我的期待，也像这翡翠珠串的水色一般，随光流转。

想象中的他，如切如磋，如琢如磨。

就在遇到他的第三天，他竟不辞而别。

他真实姓名是什么？去了哪里？我一无所知。

哪怕是段一平，我还知道他的名字，知道他的目的。

七十二小时前传奇般相遇，七十二小时后莫名分离。

我和不明身份的人踏上寻找的路。

我满怀期待，期待物归原主，也期待再次与他相遇。

除了期待和寻找，我还能干什么？

下一站，我会不会得到答案。

靠近温暖的保山，触碰温暖的南红。我的心已然热潮涌动。

那红色的火焰在我心底燃起，而绿色的春水又让我冷静。

他们构成一片繁花似锦，点缀了我的旅程，点缀了我这一路而来的云南恒春。

人如玉，玉蕴魂。滇西之地，多少灵魂和精神深藏着。

君子当如玉，但愿一切都不要是我一个人的一场虚构。

第五章　深藏此山

1

过了洱海，我竟然有几分依依不舍。

我喜欢那蓝色，我喜欢那晶莹。那里有我美好的邂逅，是我和手串主人梦开始的地方。

可是我还是要听段一平指挥，坐上车，踏上未知的行程。

路上我们显得有点生疏，可是我们聊着一些爱好还有读书时候的记忆什么的，还算挺融洽，像是来自北方小镇的人和来自西南小镇的人的成长体验碰撞。

段一平说先去保山，再去腾冲。我急忙问了一下这两个地方，段一平简单介绍了一下，他介绍完，我也在手机上看完了保山市的介绍。

高速路平坦极了，可是我看到“鸣珂”的微博上有说：

“……这里南方丝绸古道、滇缅公路、史迪威公路穿境而过，交错着历史也交错着机遇，保山，就这样坚定地站在滇西，看着勤劳勇敢的子民生生不息，来来往往……”

他还提到这里盛产的红玛瑙——南红。

“如火、如心，南方的朱红在这片土地下面，格外热忱。南红，这颜色让世人铭记什么叫赤子之心。”

关上手机，我怀着期待接近这座城市。

当我问起滇缅公路，段一平的话匣子就打开了：“滇缅公路可是在当年的抗日战争中立下赫赫战功的英雄之路啊！1944 年是抗日战争处在最艰苦危难的年代。在中国，大半国土沦陷，日本侵略军的铁蹄已踏入贵州；在国外，日本侵略军的魔爪已伸进缅甸等国家。只有从云南昆明至缅甸的滇缅公路，担当了从大后方昆明运输抗战物资到缅甸前线的重任。”

段一平一边说着，在一处岔路口，突然把车开进了旧日的老公路上。我不解地问阿平，为什么要改走老路。阿平说：“走老路好，走老路可以让北京来客饱览老公路上留下的旧日风光。”我不理解旧日风光有多少看头。段一平告诉我：“这条老公路就是赫赫有名的滇缅公路。”他这一说，我恍然明白了阿平要走老公路的深意。

段一平诉说着他如数家珍的滇西抗战史，生动而激昂，听他这么说，我仿佛又看到了云南九十万劳工拖家带口，自备工具、口粮，日夜开挖这条军事大动脉的悲壮情景。我已仿佛听到了数以万计的南洋爱国华侨驾驶着一辆辆满载物资的大货车，长龙般逶迤行进在这条大动脉上的隆隆汽车声。

阿平还向我讲述了当年滇缅公路上的军事重镇保山。他说那时候的保山是美国将领陈纳德领头的空军飞虎队的住机地。这支飞虎队驾驶的飞机，既担负着保卫保山的战斗任务，也担负着转运作战物资的空运工作，也正因为保山是当时有名的军事城镇，日本飞机曾多次轰炸保山。阿平听老辈人讲，当时的保山历经日机的大轰炸后，到处是断垣残壁，瓦砾一片，保山几乎成了座废城。阿平还给我讲了从先辈们嘴里知道的几个有关陈纳德和他夫人陈香梅在保山的逸闻奇事。

汽车在老公路上颠颠晃晃的一路前行，一路的青山更加青翠，蓝天更加明净，阳光打在我的睫毛上，一开始感觉异常的舒服，只有云南的蓝天才能有这样诱人的阳光。我看着这地面，不尽感怀——如今的老公路就像一位饱经沧桑垂垂暮年的老者，孤独伶仃地守望着在它两侧的峻峭山峦。伴随着那条汹涌湍急的大河，回叙着它已经失去的青春。

2

到了保山，段一平又开始介绍保山的美食“火瓢牛肉”了。段一平像是故意那么说，非得把我说饿不可。这一路的颠簸，感觉把段一平的幽默感都呼唤出来了，我们有时还一本正经地开起了玩笑。或者说，我们俩都是同一种人，都有“自来熟”的潜质。

段一平把车开到城边一家写着“火瓢牛肉”的餐馆门前停下了。

“吃饭。”段一平一声招呼，我更加体会到什么叫饥肠辘辘。

所谓“火瓢牛肉”其实就是牛肉火锅。我们刚入座不久，一炉熊熊炭火就被提到餐桌中间。随后，一只像勺似的铜质大瓢盛着蒸腾的酱汤牛肉、牛杂被安放在炭火炉子上。至此，客人就可以用餐了。

辣，自从我踏上云南这块沃土，每遇吃饭都多多少少免不掉辣。几天的滇西之旅，我从怕辣到不怕辣，从不忌辣到喜欢吃辣。看着餐桌中间那一大瓢滚沸在酱汤中的辣味牛肉，我真有些垂涎欲滴了。

这一餐牛肉火锅吃的真爽。又辣又鲜的牛肉，还伴之以各种时鲜菜蔬在一起，每一夹每一箸在嘴里，都是那么津津有味。

“没想到你这个北方人倒是习惯得了吃辣。”段一平笑着，又请老板上一碗辣椒酱自顾自地放到自己的蘸水碗里。我看着，惊讶不已，脱口而出——“你这么能吃辣！”

“我啊，就怕不辣。”段一平一副得意的表情。

“都说云南人怕不辣，果然。”我发自肺腑地说。段一平又开始解说：“我也算是吃遍云南了，每个地方的菜真是各有千秋啊，傣味酸辣是最带劲的，你会有机会吃到。”

“有机会一定好好品品。”

“哦，对了，有个小兄弟是山东人在保山长大的，他吃辣还没有你行。”

进城之后，感觉这个滇西城市算是秀气，没有太多的高楼大厦，没有过分地喧闹。

段一平直接和朋友通了电话后，就开车到了宾馆。趁着段一平停车之际，我终于像“钻了空子”一样去前台把手续搞定，定了两间单间，押金、房费的全部都开好了。这样能使我安心，毕竟是我要跟着他，总是让他请客于理不合。

段一平知道了也只是很自然地没有太当回事，安排道：“那个小兄弟应该快到了，今天，我们就去南红玛瑙交易市场。”

我们在大门口，段一平向一个骑着自行车的男生招手，那个男生就蹬着自行车过来了。

“平哥！好久不见。这位美女姐姐好！稍等，我先把车停在这边……”男生用不带任何口音的普通话打招呼，声音就像哪里来的主持人一样好听。那个男生眼睛很有神，笑起来眼睛弯得像月亮，看起来二十岁不到的样子。

男生走过来我才发现他至少有一米八那么高，段一平介绍道：“这位是林琅，是跟着我来找人来了。”

“林姐姐好，叫我云峰就好，云南的云，山峰的峰。现在快毕业了，在实习。”这个男孩子脸颊圆润，有两颗长得恰到好处的兔牙，看起来很可爱。

“你好，云峰。看来你不当主持人、明星真是可惜了。”

云峰笑着说了些谦辞，看着云峰一身新潮而清新的装束正是属于九五后的活泼，我顿时觉得自己已经不年轻了。

“云峰就在我们要去的地方实习呢。”段一平说着，我们开始去向南红玛瑙交易市场。

“那，我们找的人会在那里吗？”

“以我的了解，那里多少会有他的消息。”我总觉段一平很奇怪，好像很熟悉手串主人的样子，可是什么都不肯说，却是一定要找到的样子。

我们的车穿行在保山市区的几条繁华街道上，玻璃幕墙在阳光下反射出刺眼的光芒。街面上私家车、出租车、公交车穿梭不息。人行道上人来人往、穿着时髦。与北京的情况几乎没有多少区别。云峰就此给我讲了保山城的历史渊源和过去。他说，“保山是一座古老城池。这边有出土‘蒲缥人’遗址，至少有八千多年的历史。远在公元前一百多年，保山地域就建立了哀牢国。随着历史的进程，保山留下了许多历朝历代的文物和建筑。到现在，就是你所看到的这样——一座秀丽的边地城镇。”

而段一平也跟着说起了他最熟悉的，他说：抗日战争时期，保山城惨遭浩劫。1942 年 5 月 4 日，日本侵略者的 54 架飞机向保山城扔下了无数炸弹，保山城中失去了一万多条人命，保山几乎被夷为平地。这就是震惊世界的保山大轰炸血案。今天的保山市又变成了一座祥和的现代城市。

针对他们不同风格的语气和介绍，我只能打趣说：“云峰是文艺小鲜肉，而段一平是真的老干部。”云峰正要说什么，段一平就给他打住了，我明白，一定是云峰会透露他什么信息。虽然我很好奇，可是之前的约法三章在，何况在个人隐私上我也没有强人所难的意思，也就没有追问。想着，到了时机成熟时候，他自然会告知，就算不告知又如何，只要找到我想找的人。

车行至一片齐整的仿古建筑前停住了。我们下了车，走进了南红玛瑙交易市场。

段一平安排说，他和云峰去寻找那个人，陪着我在交易市场里逛一逛。有了消息，他会来市场找我们。

“不是我们一起吗？”我问道。

“不是听我安排吗？”没想到段一平居然反问，我竟无言以对，只好点头。云峰让我先随处转转，看上什么了可以帮忙辨别，等一下又联系。想来，还是“小鲜肉”比较嘴甜。

段一平又诡秘地对我说：“小心人贩子，别被拐卖到缅甸去当山大王的压寨夫人。”

“行了，你快走吧。如果真有这种故事，我正想体验体验呢。”

虽然我很想知道“鸣珂”的消息，可是还是听从安排了。只盼在我欣赏这些美丽精致的南红玛瑙的时候，段一平能够找到那个人。

3

这个市场真大，铺面鳞次栉比。每一家店铺里都有一块地，堆放着一些红色石头。商家告诉我，那就是南红玛瑙的原石。商铺的柜台距原石仅一步之遥。玻璃柜台里展示的则是一件件精美绝伦的南红玛瑙的雕刻成品。

我几乎在每一家店面前都得伫立片刻。展柜中每一件红白相间的艺术刻品都深深吸引着我的眼球，振奋我的浑身血液。红色让人兴奋与惊喜，我算是相信了。尤其是这来自于地质的自然的红，每一种红色都让人惊喜不已。在一家店的玻璃柜中，我注意到一只吊坠，这是用南红玛瑙特有的一块红色部位刻就的一朵荷花。红色荷花下躺着的是一段玛瑙白的藕节。我感叹这块玛瑙石生长的神奇，也惊羡雕刻师的匠心独具。店主见我盯着这件雕件出神，便主动地拿出这件艺雕，摆到我的眼前。说："喜欢吗？价钱可以优惠。"我看了看艺雕上附着的标价，又看了一下那微暗的成色，就摇摇头走开了。

在装的很有古风特色的店前，被这别致的装修风格吸引了，我停下了脚步，慢慢走近。这家店面连着一个看上去像是盆景装饰的茶室，显得格外清新。我先是往南红的展示这边走，这一家店的灯光格外温暖，衬得每一件南红玉更加光鲜美丽。

我进门第一眼就看到一件极其惹眼的南红玛瑙精致艺雕。这是一只仅刻有一个女人头像的雕件。一张女人娇羞的脸震惊了我。那娇羞的表情刻得是那样的出神入化。女人露出的半张脸是用原石中晶莹剔透的白，而遮着另半张脸的方巾颜色则是南红玛瑙最美的柿子红。方巾还巧妙的雕出了许多密密麻麻的花朵，整个雕饰线条柔和干净。我不得不再次感叹大自然造物之神奇，也更加赞叹石雕大师的高超技艺。

店面的两个小姑娘看上去不像老板娘，只是比较温和地招呼一下，我便自顾自看了。这里的工艺都比之前逛的几家更加的突出，似乎价格上也更高一些。

真正引起我注意的是这家店醒目位置的一件南红玉坠。这件玉坠通体柿红，线条简单而别致，从欣赏这面看，就像凤栖梧桐的样子，凤翼是简约而优雅的层次和线条构成，并不是繁复和华丽。女店主从里间走出来，看上去是我的同龄人，她见我被这个物件迷到，便热情地过来，小心地将它取到一块黑色的毛毡子上，供我观察。我见这个玉坠，雕纹柔和，雕工恰到好处，也巧妙地运用到原石的纹路，凤羽和凤爪的细节栩栩如生得让人感觉柔和。玉坠通体呈近似水滴的椭圆形状，工艺和质地都特别润。

“这真是太别致了，真不知道出自哪位大师之手？”

老板娘杏眼带笑，说：“姑娘真是识货，这是一个朋友嘱托在这里的，可是那位大师的姓名就真的认不得了。”

我忍不住夸赞了一番雕工和玉石质地，拿出珠宝杂志编辑特有的派头来。老板娘倒是听得津津有味，反而好像我是卖珠宝的人，她是顾客。

此时一个老者出现在店里，约莫五十岁，笑起来眼角纹路如鸟羽般斜飞，头发基本上白了三分之二。他和老板娘用不怎么自然的云南方言打招呼寒暄了一下，说是路过来喝一口茶水，看起来是熟人的样子。

老者注视着我，让我显得格外不自然，可是看他一身文艺装，慈眉善目，像是个文化人，也没有多想。

“姑娘，刚才听你说起这南红玉头头是道的……真是难得。”老者的目光并没有过多的转移，只是很自然地有时候转去看一眼老板娘。

“老板娘，不好意思，麻烦您收起来。我在这再看看，顺便等等朋友。”

“哎呀，小徐，都是我一来，打扰你生意了。”老者低声说。我连忙解释，“我觉得好看是好看，可是我暂时不想买。”

老板娘笑着说：“都是喜欢玉石的人嘛，等朋友慢慢等，我们家这位置也好找的。”

长者对我说：“姑娘，你字正腔圆的，是北方人吧？”

“是啊。”我不得不连连点头：“您怎么知道？”

“我也是从北方来的保山人嘛。”长者微笑着说。转而又冲着老板娘说道：“小徐，我们就和这姑娘一起喝喝茶吧，茶钱算我的。”老板娘指挥两个小姑娘招呼着，自己却有事情要告辞了。

突然有一种盛情难却的感觉，还是爽快的去到隔壁的茶桌前坐下了，顺便发了条短信给段一平，告诉他我在这家店。

“第一次来保山吧！保山给你印象如何？”长者笑着问。

“不错，保山气质温婉，有云南的大质朴，也有异域的物质风情……”

“哈哈，”长者的笑打断我继续往下说。他有所感叹地说：“你们年轻人啊，说话有时代味，说得我都难以把握了。”你说保山的什么气质温婉，倒不如说保山的气候温和。云南气候温和的地方是不少，但依我看真正的春城是保山。我在保山十多年了，我舍不得离开保山，就是因为气候。”

我好奇地问：“大叔，这个店还带着茶室？挺适合您这样的知识分子。”

长者说：“我和这个店的老板娘小徐熟了，闲来无事就来这里喝上几口。知识分子不敢当啊，只是个天涯流浪人罢了……”

我仔细观察了身边的这位长者，他相貌堂堂，仪表端庄，只是眉眼嘴角上有着深深的岁月烙印。他穿一件浅灰色通肩袖对襟布纽的中式衣衫。衣着干净整齐，举止文雅大方，用很娴熟的手法泡着茶，倒是有文人的书卷气息。

“大叔，您是知识分子吧？”我闻着茶香，问道。

“也算是吧。”长者始终面带微笑，一派友善可亲的样子。

“您是北方人，怎么来保山长住了？”我又问。

“迷上了我那份工作了呗。”长者依旧笑着回答。

“工作？保山有什么工作让您着迷了？”

“也不光是保山。为了我的工作，我去过滇西许多地方。还去了缅甸、越南、印度、斯里兰卡、泰国的一些地方。也去过祖国的新疆。最后，我还是回到云南。”

“为什么？”我问。

“云南这个地方好啊。”长者说：“每个人生活中都离不开朋友亲人。只有在云南，你的这种归属感才会变得开阔。在云南哪怕你离开了你的家人，也不会感到孤独，因为你来到了一个更大的家庭中。这恐怕也就是你说的云南的大质朴吧。”

从长者说的他曾经去过的那些地方，我已能猜出他干得是什么工作了。因为他去过的地方，全都是盛产玉石珠宝的地方。

我刚想打听长者的职业，他又先开了口。

他说：“你的长命锁非常好看。”我早就发现他一直盯着我脖子上挂的翡翠吊坠。

他说：“你的长命锁是清光绪年间的翡翠。它是缅甸一个开采原石的工头请中国雕刻师雕刻成的一批好玉饰。后来几经转折，传进了中国。要是我没有看错，你挂的这只长命锁，就是那批老物件中的一只。”

长者对玉器的研究让我惊讶。他不仅能知道一件玉器的优劣，还把一件翡翠饰品的历史年代和来龙去脉都说得一清二楚。看来我面前的这位长者是一位谙熟珠宝玉石的高手。

我对这位高手的一切产生了更大的好奇。

一旦我认可了坐在旁边的长者是一位高手。就想从与他漫无边际的“海聊”中，获取有关珠宝玉石的更多知识。

我说：“您知道赌石吗？听说云南玩赌石的地方不少。”

“知道。”长者稍作思忖，说：“赌石就是以翡翠产地的原石来赌输赢的游戏，说穿了就是赌博。这样吧，我给你讲一个故事好不好。”

“好啊，我爱听。”我高兴地回答。

4

于是，长者给我讲了一个诱惑与恨的故事。

长者说，他有一个朋友视玉如命。这个人十分迫切地想弄清楚美丽的玉为什么这样绿，这样光润诱人？一只又一只的玉件又是怎样变幻而成？有关玉的一切在他心中似乎都是难解之谜。他决心要把玉的一切都要弄个明明白白。二十多年前，他不顾及妻子的再三劝阻，一个人悄悄地离家出走。来到千里之外的云南，寻求解开美玉之谜的学问。

这个人来到滇西不久，就为玉结交了不少朋友。总希望靠朋友帮助，能解开他对玉的诸多谜团。

有一天，一个刚和他认识的朋友邀他去到了一户人家，玩上了赌石的游戏。那里的人告诉他，只要按报价和还价的方法，以双方都能认可的价钱买下了他中意的翡翠原石，确切地说也就是买下一块蒙头石，再把石头拿去解玉店切割开来，石头就会告诉他所要的答案。他看着那家人收藏的十几块灰黄的各色石头，光光滑滑。有的还裸露有斑斑点点的绿玉色彩，石头里包裹着的神秘让他心动不已。

他几乎动用了他所有的积存，像是中了魔似的，买下一块又一块蒙头石。尽管他买去的石头，每一块都没有使他满意，但他仍旧没有一点就此作罢的想法，赌石在他看来更加接近于一种探寻，就像他跋涉千里探寻玉石的美，探索他最爱之物的奥秘。这样的沉迷和执着，使他一连买了五块蒙头石，所有的积蓄完全花光了。

这位朋友吃饭住店都没有了钱，最后只有忍饥挨饿，露宿街头。第三天，他另外的几个朋友找到了他。他们先请他饱餐了一顿，同时你一言我一语的把他教训了一顿，使得他有所觉悟。又隔了一天，朋友们才帮他在一家玉石加工厂里找了一份工作。让他真正走上了一条认识玉石奥秘的正路。

长者说，那些朋友说他的话说得真好。赌石虽然是一条探寻和求真的路子。蒙头石或许包藏有富积的好玉，有的人为撞大运而来，有的人为玉石之探究而来。世间所有的玉都是一种矿石。要想探求玉石生成之谜，就到开采玉矿的矿山上去。精美的玉器饰品是匠人用精美的玉石打磨雕刻的成果。要想探求玉饰之美就该找那些匠心独具的大师们求教。这本来都是聪明人的想法，他们原以为那个朋友是揣着明白装糊涂，其实是真的爱玉、怜玉。只是，赌石只是一种形式，一旦沉迷，就不再是纯粹的赌石，而是带有了“赌博”的性质。或者说，玩物丧志，在沉迷中迷失了最初的追求，让原本完美剔透的玉上面蒙上了杂石的瑕疵。

这个故事很俗套，却使我知道这个地方“赌石”的一些文化内涵和一些生活道理。可是，长者叙说的感情却十分投入，似乎那个朋友就是长者自己。更让我惊异的是，故事中的那个他竟让我联想到了我母亲告诉我的那个弃家出走到千里之外寻觅玉石秘密的爸爸。

——难道我面前的这位长者就是……不，不，我不能这样想。即使是他的年纪和母亲的年纪相当，我也不能如此牵强附会。但是，不管是出于好奇，还是出自一种莫名心态，我仍想对这位长者的家庭状况作一番了解。没等我说话，长者又自语道：“我们常说到一个词叫迷失，人在犯错的时候，就像喝了迷魂汤，一下子就迷失了方向。不过，我更加认可自信，人本身应该认识自己。所以说，一个错误，不能概括一个人的一生。”看来，长者仍旧沉浸在他讲的那个故事之中。

“大叔。”我有意打断关于赌石的话题，“你在北方还有亲人吗？”

“有啊。”长者说：“我家里还有妻子和一个与你年纪相仿的女儿。所以啊，姑娘，我今天在豪饮见到你，就像突然见到我闺女一样，格外亲切。”

我说：“既然你那么想念她们，何不回老家看一看。”我的心噗噔、噗噔跳得厉害，感觉眼里快要噙着泪珠。

“唉。”长者长叹一声，垂下了头：“我何尝不想回去啊！只是二十多年过去了，风筝早就断了线。凭一张旧船票，怎么还能登上昔日的客船啊。”

“大叔，莫非你在云南另安了新家？”我故意问。

“没有，没有”长者稍显紧张，随即又放松地笑了，“要说新家，保山就是伴我孑然老去的新家。虽说孤家寡人，可是有一帮朋友在，也不至于孤独终老吧，也没什么不好。好了，不说这些了。”

“闺女，这个送给你，就算和你有缘相遇的一份念想吧。”长者把这个“念想”摆在我的面前。

这突如其来的礼物让我愣住了。

长者说：“看看吧，一件很好的东西。保山特产的南红玛瑙。顶级的柿子红。还是一件匠工用心雕刻出来的艺术作品。”

我注目看了看放在眼前的这件饰物，马上被它的质地和工艺之美惊呆了。这是一块有鸡蛋般大小的红玛瑙，雕刻的竟然是一个襁褓中的婴儿。婴孩的模样非常萌，眼睛笑得像弯弯的月亮。包裹孩儿的被子还细腻地刻了一朵朵逼真的小花。我的目光被这件近乎完美的饰物深深吸引着，心绪却飘到好远好远的以前，我的记忆里好像真的没有一点点关于父爱的影子，哪怕是恨，也显得那么模糊那么盲目。

我不禁咬住下唇，伸手摸了摸挂在胸前的翡翠长命锁，眼泪一点点填满眼眶几乎就要夺眶而出：“你以为区区一个饰物就能弥补一个人缺失二十多年的父爱，就能填满一个家庭对于圆满的渴望么？”听着自己颤抖着又夹杂着几分哭腔的声音，自己也被吓了一跳。我迅速站起来转过身想掩饰自己的失态又忍不住想看长者的反应来判断我心里的猜想究竟是不是正确。

年迈的他好像也被我吓了一跳，他轻轻放下紫陶茶壶，睁大眼睛看着我，随即迅速垂下目光，好像在思考着什么，我忍受不了自己的失态，但又无法确定自己的猜想，更加忍受不了他不冷不热的态度，羞窘和愤怒几乎就要吞噬我的理智，我抬起腿就要卖出步子逃离这里，他却突然开口了：“拿着吧，无论你觉得是补偿也好是寄托也罢，等你以后结婚，有了自己的孩子，也许你会懂的。”

我没想到他居然没有一点歉意，几乎就要哭出来：“你觉得很贵重很有价值，但对我来说却什么也算不上，因为我想要的……任何人无论如何也给不起！”

我抓起雕饰，一时间头脑空白，心里多么想喊叫一声我有生以来从未叫过的爸爸。

爸爸，你在哪里？

5

“林琅。”“小林姐。”段一平和云峰的声音。

“你怎么能找到这里来啊？这是怎么了？”段一平略微惊讶地说。

我偷偷抹去了眼角的泪水，此时云峰却和这个大叔打招呼，像是认识的人。“帅师傅，今天这么有空来这儿啊。”

云峰看了看我，笑了笑说：“这位是我师傅的好朋友，因为帅啊，我们都叫他帅师。”我尴尬地点点头。

“小子，跟着你老顽童师傅学坏了。雕工没养成，倒是磨得牙尖嘴利的。”长者的面容却已经是云淡风轻，他说：“我和这个闺女一见如故，送了个礼物给她。”

云峰瞪大了眼睛，问：“什么礼物？”长者说：“别好奇，这是秘密。”

说着他使给我一个眼色，我没有回应，把这个饰物赶紧塞回老者手里。老者轻轻地放回衣兜，那一瞬间，我觉得老者眉目间的皱纹更加深了。

段一平半讽半笑地说：“还是我们林美女受欢迎啊，老少通吃。”

“哪有？……”我垂着眼睛，根本不想说话。云峰跟着说笑起来：“哎呀，你们喝这么好的古树茶啊。估计小林姐会醉茶的啊。”

“哦……原来这是醉茶？”我定了定神，也没想起来问段一平打听人的情况。而段一平却带着云峰在店里物色起饰物来，我从余光里看到，长者意味深长地看着我，我却没有回应任何一个眼神，心里越想越沉重，只恨不能赶紧冲出门去。

可是老者却是先告辞的那个，他和云峰说有事就先走了。或许他是看出来了什么尴尬，或者和此时的我一样不想多想，而随着他走出门的背影，我们两个人的谈话也会成为秘密。

段一平突然间叫我：“来，看看，你们女孩子是不是会喜欢这个？”

我走过去，原来段一平拿起了那个凤的吊坠，想问问我的看法。我点点头，说："英雄所见略同，我第一眼也是看到这个。"

云峰又可爱地笑起来："不会吧，平哥也要送个南红给小林姐？小林姐别拒绝了哦。"看起来眼明心亮的云峰刚才看到了老者送我的饰物是南红。

"谁说的？"段一平连忙解释："林美人一路都有人送玉，不缺我，不缺我。"说着就去看玉了。

云峰笑弯了眼，笑声也特别突出，转头就问起我手上戴的翡翠手串，我也大方地给他看，却没有取下来给他。云峰直接用手机的背光灯照着盯着两三颗看，好像更多的不是欣赏，倒像是粗略鉴定。

大概我的心还停留在刚才的老者那儿，还停留在刚才老者要送我的那个南红饰物上，也没有过分在意这串难得的翡翠珠串。

云峰煞有介事地关了手机背光，又端详了下，说："难得的翡翠珠呢，真是极品，不过我还不算入行，才实习着呢。"

我的注意力被云峰桃花眼状晶亮的眼睛吸引了，他好像看出来了我此刻突如其来的心事，只是不能看透罢了，也或者段一平跟他说过我在寻找手串主人，所以对我好奇。只是看上去很机灵的他，是断不会问出口的，他顿一顿，道："不过，我看着姐这翡翠，想到了朱自清的《绿》。”

“绿……”我回想了那段句子——“我的心随潭水的绿而摇荡。那醉人的绿呀，仿佛一张极大极大的荷叶铺着，满是奇异的绿呀。我想张开两臂抱住他；但这是怎样一个妄想呀。”

我凝视着手上的翡翠珠，那同样醉人的绿色，仿佛刚才的记忆因这绿色而模糊了，如果刚才都只是梦。与此同时，我的舌尖也被茶水的回甘沁满了，仿佛芳香满园。

心里庆幸——还好没留下什么，一切也都当不得真。

在我的心情调整中，段一平买下了这个“凤栖梧”的吊坠，他小心地连着锦盒包装放在包里。云峰神秘地说：“一定是送给舒姐的。”我没有心思深究什么“舒姐”，感觉今天的事情太繁杂，我还没有缕清楚，一整天就快结束了。

晚饭我们吃小吃，“大救驾”却不能救我忐忑的心。

“怎么？你不是应该最积极问手串主人的下落吗？”吃着腾冲饵丝的段一平说。

“对……对啊？”我回过神来，说：“什么情况？”

段一平示意已经吃好的云峰，让他说。

“小林姐，是这样的，那个人他前段时间是来过我们保山的。我的师傅们和他见过几次面，可是每一次都有好多人在场，也没留个姓名电话……”

我知道，又是一无所获。

可是我担心的却不止于此。

6

这一夜，我都无法入眠。

我一直不敢相信。莫非是我梦中的臆想？我从小都不知道谁是我的生身父亲，母亲不肯说，我也不敢问。难道说是多年来藏在内心深处的谜，让我有了一个美好的梦？迷迷蒙蒙之中，我不止一次转着我这个长命锁吊坠。我欣慰也叹息，假若没有悄然离去，我将得到的又是什么结果。

清晨，手机的铃声唤醒了我。是妈妈打来的电话。

“林林，你现在到哪儿了？”

“妈，我在保山。”

“哦，保山？我听人说……他就在……哦，他们说保山是个好地方。”可能是手机信号一下子断断续续，或者是妈妈要说什么欲言又止。

“是的，保山很好。在这里遇到的人很好，还有南红，可漂亮了！”

“哦，看来丫头你挺高兴呢？”

“妈妈，这么对你说吧。说也奇怪，我在这里的玉石市场店里遇见了一位大叔，感觉一见如故的样子，聊着聊着，大叔要送我一块南红雕件，挺别致的，雕的是一个襁褓里的婴儿，说是对远方女儿的补偿……可是我怎么能要呢？何况……”说到此我又改变了主意，不知怎么对妈妈讲才好。

妈妈问：“大叔，他……什么样的大叔呀？”

我说：“那个大叔他看起来有五十多岁，其实他今年正好四十六，哦，对了我朋友的微信朋友圈有他的照片的，待会儿看看……那个大叔也是北方人，说……说我像他闺女来着。”虽然我带着很自然的笑，可是心里跟着语言一起在打结。

“那……他看到你的长命锁了吗？”妈妈的声音显得有些颤抖，“你给他看了吗？”

“他是看了……还说出了长命锁的质地什么的……可是，可是不奇怪，他对玉石那么有研究，说出来这长命锁的来历一点儿也不奇怪。”我很担心妈妈会想多了，我担心我说出心中的猜测妈妈会生气。

“是不是说这是光绪年间的玉，几经周折……好……女儿，不奇怪，不奇怪……那，那个大叔叫什么，你知道吗？”

“这个我不知道，不过有个朋友可能知道，我也没问……”

“罢了，罢了……这算是有缘，也算是长命锁真的引来有缘人。”

“妈妈，你这样无所畏惧的科学工作者也相信这个啊。”我调皮地打趣道，算是缓和这种怪异的对话气氛。

“女儿，你在保山待多久？”

“我想会很短的时间吧，毕竟，我也是跟着朋友去，当然听本地朋友的。”想来为了让妈妈放心，之前我说段一平是我在云南的大学朋友，也没有说寻找“鸣珂”的事情。

“也好……以后，机会多的是……你出门在外，一定要好好的，跟着可以信任的朋友。”

“放心吧妈妈，你别想太多啊。”

“不会想太多……你自己注意就好。”

“好的，妈，你就放心吧。”

挂了电话，我算是松了口气。

只盼天亮后。新的一天，新的旅途。

段一平计划中，我们要去腾冲一趟。而接下来我也不能问。

只有在高中地理课本中我才知道的漠河腾冲线，云峰一大早就赶了过来，我以为我们要同行。

没想到就在我上车的时候，云峰拿出一个盒子给我，“小林姐，我带来的小礼物你一定要收下，到腾冲了再打开，不准给平哥知道，也不要问我为什么送这个，好吗？”

“千万别是什么贵重的啊，云峰弟弟。”

“一点都不贵重，就是个保山的小纪念。”云峰嘴角露出一丝狡黠的笑意。

我还是很不好意思，云峰居然也学着送礼物了。可是看着小男孩一股稚气和固执的样子，我还是只有收下，而我时间匆忙没有回赠什么，权当是交了个九五后的朋友。

只是，我打开盒子前并没有想到。

里面就是长者要送我的那块南红物件。

7

这里的村落盘山丘而建，小河绕村而过，倒是应了谐音“河顺”。

小镇很安静，民居古色古香，依旧有商铺，有点像建在山上的大理古镇，却多了一份古朴和寂寞。段一平说，我脚下的这个铺路石板是当地的火山石，他这么一说，我还会觉得脚底发热，感觉很稳当，就算下雨也不怕会滑倒。

我站在一处观景台望去，乡前一马平川，清溪绕村，垂柳拂岸，蓝天白云都十分爽朗，一派如诗如画的风光真让人流连忘返。

沿着曲折的巷道走上坡去，看到好多客栈民居，段一平说，去住他的朋友家，已经联系好了。在这里，很多人家都把民居的一侧改成了客栈，也正好体验和顺人家的文化特点。

果然，迎接我们的是一对中年夫妇，男的温文尔雅、彬彬有礼，戴着一副眼镜，看上去像是个学者，他的妻子看上去很亲和活泼。段一平介绍这对夫妇，丈夫是这边的图书馆管理员，叫付荣，他的妻子是小学老师，叫子煜。我就跟着段一平叫付哥和付嫂。

进到他们家，一股明清风格扑面而来——老宅的门窗木雕，各种雕刻纹饰栩栩如生，宅院中尤具地域特色的是以火山石堆砌的石阶。园子里有盆景植物，像是很娇小秀气的小园林。

朝正厅望去，很有讲究地供奉着“天地国亲师”，周边挂着非常古香古色的书法字画，看起来很有“儒士家风”的感觉。

没想到如此秀丽的边陲小镇居然保留着这样的中国古典文化韵味，我为此惊叹不已，而身旁的付哥就开始解释：和顺历史悠久了，是始建于明朝的汉族古镇，大多是明初到云南从事军屯和民屯的四川人、江南人、中原人的后代。封闭、传统、安定的环境，让和顺完整地保留了中国明清汉族文化的特色，被誉为中国古代建筑的活化石。这里沉淀着 600 多年的历史文化，村落风貌、民居建筑、民间工艺，无不浸润和保存了中原汉族文化精髓，同时，它又是一个“外向型”的社会，游子们吸收了外国文化的精髓，与传统本地文化交流整合，创造出了有着和顺特色的地域文化。

我听得很仔细，段一平算是找对了“导游”。段一平能插得上话的就是介绍这边有特色的景点，说是我一天一夜一定能感受到这座古镇的魅力之处。

果不其然，段一平把我打发在和顺古镇，自己去腾冲县城打听下落了。而我也遵照约定，没有问为什么，没有问接下来如何。

可是，看着我的心不大顺畅，还是会担心他会一去不回，就这样把我甩在这个绿水青山环绕的小镇。还好，我是住在他朋友家，他打包票明天一早八点准时到镇子接我。还解释说，腾冲玉石街正好错过了，我去了也没什么。说得也是，哪有那么多机缘巧合，什么都赶得上？

这个段一平，不知道是什么人物，为何从大理到腾冲都有朋友？像是混江湖的青年人，知交遍天下。我想，类似古龙武侠小说里那种浪迹天涯的豪侠，不就是遍地是兄弟，处处都有知己的吗？可是他段一平，到底是什么人呢？

“鸣珂”的微博里关于和顺的片段是这样：“这个镇子，有感动，有传奇。我仰望着这传奇，我聆听着我血脉里流淌的故事传说，我感动着，回顾着这座城。”我不明白“鸣珂”要表达什么，抑或是这里是他的老家？我不想猜测，我只想好好地认识着一座秀气的古镇。

“家乡好，最好陷河头，绿柳丛中穿紫燕，红莲塘畔卧青牛，结伴泛孤舟。”付哥念起了这一首远在他乡的游子写给和顺陷河的词。陷河水草丰茂，野鸭水鸟嬉戏其间，看这一观景已经让我这个在城市穿梭太久的人沉醉其中了。

在山清水秀之中，一个很奇怪的亭子引起我的注意，这就是“鸣珂”说的“洗衣亭”了吧。我问付哥：“这是远走他乡的和顺男人对自己女人最平易的馈赠。为什么有人会这么说？”其实这是手串主人微博上的一句话，付哥却很有感慨地说：“洗衣亭可以洗衣，纳凉，也可以遥望远方，寄托相思。和顺男人亦儒亦商亦农亦走四方，为了让家中的女人在洗衣时不被风吹日晒，就建了这样的亭子，这是道光年间的事了。”

“丈夫对妻子的爱，如此细致而纯粹。”我想起段一平在路上提起的，腾冲也是“翡翠之城”，是不是这里的风土民情也如同翡翠一般纯粹而珍贵。

参观完艾思奇故居、滇西抗战博物馆、弯楼子民居博物馆、百岁坊等处，或厚重，或感动，或惊叹，我握着手上的翡翠珠子，似乎有那么一种感觉——没有见到一块翡翠，可是这里的魂却真如世所罕见的真翡翠。

鸣珂，如果你身上流淌着属于这里的故事，那么你的灵魂也应该是如翡翠一般的吧。

君子当如玉，但愿关于你的一切不是我一个人的一场虚构。

8

有文雅意味的民居很舒服。

我将那一颗云峰送来的南红饰物握在手心，企图感受它的温度。

可是依旧冰凉，根本触摸不到头绪。我把它收了起来，当作是一段故事。如果在某一天想起这个故事，再去寻找，再去询问。就像总有一天，我还会回到保山、再来此地，不带任何寻人的负担。甚至跟着那个他，一起游经此地，那又是别样的刻骨铭心……然而，或许只是一种畅想吧。

我手上的翡翠手串，沾了我肌肤的温度，我不知道寻找他的主人这份执着我能坚持多久。可是我想，下一站，我会继续下去。就算是为了这翡翠之地的灵魂，为了“君子如玉”。

段一平是个守信诺的人，连早餐都顾不上吃，就分秒不差地来了。

显然，他所寻未果。

路程还在继续。

这一片绵延的山川之下，到底有多少不为人知的宝藏。

如果无人发现这些美丽的东西，那么它就长埋地下。

谁还会专注于它的美，谁还会将它雕刻成最适宜的艺术品。

我惊异于这片天地，一切如同梦境，接连的惊异，让我不知道这是不是真实。

会不会一觉醒来，手上不会再戴着手串，我也不身在这彩云之南？

那么，我会在这里停留。

直到触摸到她真实的样子，直到看穿她的美。

我在这里，是为了寻找。无论是梦境还是真实，我都在寻找。

重要的人，不想忘记的人，绝对不能忘的人，我会一直一直拼命地寻找你。

第六章　玉见岁月

1

我在副驾驶座上，舍不得睡着。蓝天和青山那么清晰，云朵离我的视线那么近、那么近。触手可及的美，让感性的我忍不住感叹这美。彩云之南，果然哪里的云都比不上此处。

段一平也说，他去过一些地方，都觉得美不过他的家乡。他不经意间就说起了他的老家，大理宾川。谈起了鸡足山、果园，接着谈起了大理其他的县，还有他到过的云南其他地方，还不是很专业地介绍起了少数民族风情。他还是个很健谈的人，相处的几天下来，他也会和我嘻嘻哈哈地开玩笑。像段一平这样的人，凭着这一面交友甚广也不足为奇。

在我不知道的行程计划里，段一平说是要折道去龙陵，要去接一个朋友的朋友，那个朋友也要顺路去。话说段一平确实是友遍云南，而且就连朋友的朋友都愿意顺路搭载。我想，或许这位顺路的伙伴还能透露一下段一平是什么身份。

没想到，这次路口接到的是一个十分文雅的姑娘，她皮肤白，面容清秀娇小，一双杏眼被圆框眼镜挡住，淡淡的妆容很像是韩剧女主角。她穿着森女系的衣服，却背着一个双肩的摄影包，看起来很像是外地游客。

可是她和段一平说话又分明是云南某地的方言："阿平哥，你好，麻烦你咯。"

"姐姐，您好！很高兴与您同行。"她礼貌地和我打招呼，笑起来梨涡隐现，普通话也是非常标准。

我听段一平叫她"得意"，还想着，居然有这么有意思的名字。后面这姑娘才解释："我叫赵得玉。家里有个小一个月的堂妹叫阳阳，正好云南方言就是'得意扬扬'啦！"

从这位名叫赵得玉的妹子上车，我就注意到她戴着一块黄龙玉吊坠，里面明晰的水草花纹路显得格外素雅和灵动，不仅仅衬得她肤色白皙，更加增添几分质朴的娇俏。

段一平还打趣说："确实'得意扬扬'的两姐妹，听阿诚说，阳阳考上的是上海交大。得玉考上的是浙大是吧？学习都很不错呢。"

"是的，我去年毕业的。"得玉用普通话说道："比我们优秀的人多得多，没什么好得意的。"

黄龙玉 /HUANGLONGYU

成分：SiO_2；晶系：三方；颜色：各种色调的黄、红、白、黑及灰等；密度：2.60；硬度：6.5 ~ 7；折射率：1.53；透明度：半透明—微透明；结晶形态：隐晶质集合体

“难怪我觉得……得玉你不怎么像本地的女孩子。”

得玉噗嗤一笑，说：“哪里不像？……不过也是啊。我在杭州时候，有陌生朋友觉得我像日本人，我回来云南，有陌生朋友觉得我像韩国人。可是我真的是中国云南保山人。”

“得玉，你的名字起得不错啊，真的是如玉石清秀。”我不禁夸赞道。“就像你戴着的这块黄龙玉，人玉都是这般灵动。”

“姐姐您再描述下去，我就变成书里出来的了，怎么好意思。我的同学比我好看的很多很多，我们云南美女帅哥可多了，外省的朋友总觉得云南女孩子皮肤黑、着装也不时尚，可是我们多民族聚居，有底子非常好的兄弟姐妹呢，只要稍加修饰，就很好看。”

“现在，嘈杂城市的审美太浮躁了。静下来的时候，才能心平气和地欣赏。”听了得玉的话，使我想起了手串的主人，他有种与众不同的清俊，皮肤不是那么白嫩，浓淡适宜的英眉下是清澈的大眼，面部轮廓算是很精致，有种说不出、道不明的异地容貌特征。总是一件白色的上衣，看上去低调而不失清爽。

“我相信。”我点点头回答着，我也不忘夸奖段一平：“你们的阿平哥就是这样，这么好的底子，稍加包装就可以去拍电视剧了。”

得玉笑起来梨涡更深了，她说：“是的，是的，我还是第一次见阿平哥，没想到这么帅。”

“少打趣了，你们这些女孩，不是都喜欢小鲜肉吗，我这种腊肉也算帅，你们什么审美？”我看到段一平肤色稍深的脸上有点红色浮现，一定是害羞了。我回答道：“怎么能是腊肉？我听说云南这边有宣威火腿，顶多是火腿吧。”

“我们有个老师说，做一个行业会受到行业气氛的影响。阿平哥这么热心肠，所以我想是一个专门帮助人的行业吧。这位姐姐这么温文尔雅，看起来是做文艺的。”

“当然，这年头，谁不是服务业啊。”段一平很快的接上话，又咧嘴笑了笑说：“现在不是为女士们服务着吗？”看来段一平还是不肯透露他是做什么的。

“哪有？我们是相互协议好吗？妹子，不好意思，忘了自我介绍，我叫林琅，满目琳琅那个林琅。已经没有职业了，打算从零开始吧。”

得玉纯真的杏眼倏然一亮，说：“姐姐，归零状态没什么不好。关键是追求的和真爱的是什么吧。”

“不瞒您说，我前几个月刚刚拒绝了某个大城市公务员面试，再前面我拒绝了省城一家中学的高中教师工作。”

“诶？”段一平开始疑问起来，“现在就业这么难，而且对于女孩子来说公务员和老师都是十分稳定过一生的职业啊。”我也说不上认同这句话，因为人生的职业可以选择适合而又专业对口的确实不容易，可是也不一定要进入什么稳定职业，甚至是固定职业。或许云南这边的社会环境是这样。对于普通家庭来说，有个稳定而且看起来很有社会地位的职业比大风大浪冒险的职业要好很多。

“阿平哥和我家人们的想法一样。甚至是其他家长的想法也大抵如是。所谓人生成功，在哥哥姐姐那代人是被定义了。就是考个好大学，考个稳定踏实的工作岗位，然后结婚，把同样的希望又定义给下一代。”得玉咬字清楚，就像演讲一样饱满，她说：“你们都看前一段时间的奥运会了吧！看了奥运会最大的感触就是，和八零后定义的人生成功不一样，九零后更加侧重于完成自我，乐观地尽心尽力，做好自己。我接下来就是想去做特岗教师，去到云南家乡的大山深处，不同民族的聚居地。我觉得，那里的孩子更需要我吧。正好我也想在不同的山区接触不同的民族风情。”

段一平吐出几个字：“有情怀！”我不禁觉得这个女孩子真是很有想法，我无法说出她的决定是对还是错，似乎对错和人生的输赢一样是不能被简单定义的。

“我来云南这一路，总是看到几个宣传的字，我觉得很适合你。”

“诶？我不注意看那些宣传动员。”

“你见到过吗？就是‘高原情怀’和‘大山品质’。”

得玉回想了一下，说：“我好像在父母亲单位见过，不过大学可没有告诉我这些。其实，我并不是很懂这个提法。”得玉笑了笑，双颊微微泛起红晕，更加可爱了。她的举手投足间，没有脱离大学毕业生的青涩，一股子书卷气却不显得娇弱，和我们俩这样的陌生人聊天也很大气。

“看起来，你是发自内心真的喜欢。我很好奇你的成长。怎么会培养出如此优秀的大学生？”

“我并不优秀，大学时候我也挂科。我家人为我选的是土地资源管理专业，可是我真正喜欢的还是文科，就偷偷去学。在外面，我真的是不听话的孩子。之前才因为择业的事情惹妈妈不开心，不过我还是争取来了。”得玉在说话时，表情从少女特有的调皮过渡到纯粹的叹息。我可以感觉到，她为了说服家人付出的努力和代价。

就像我当初选文科理科到高考结束填志愿，妈妈希望我从事医疗卫生行业或者其他理工科，说是工作就业不是那么困难。可是，我还是用尽方法恳请妈妈让我自己决定。妈妈只是无奈地说：“那你自己的选择，就自己负责。”过早的，我就经历了对自己人生负责的选择。而眼前这个在父母面前一定很乖巧的女孩子，刚刚经历对自己的人生目标负责，就算是亲人再怎么安排，她还是在追寻着自我。我也和得玉说起了我当时的挣扎，能感同身受。

得玉很高兴的样子，大概是觉得来自陌生人的感同身受真是一种巧合。

“小林姐，这就像是选择合适自己的玉一样。无论玉石市场价格如何波动，无论它的价值有无高低之分，可是我们就是喜欢。世上有的是奇珍的宝石，钻石珍贵吧，蓝宝石越来越贵，可是就像有本书上说的‘那些都是很好很好的东西，可我偏偏不喜欢。’就像……就像我们俩戴着的手串一样，我喜欢这黄龙玉石，你喜欢这翡翠玉珠，对于我们都有不同的意义。”

她说完，便从背包里层取出一串黄龙玉的手串。我看到一颗颗椭圆形，呈渐变的珠子串成的手串，说不出的古朴和自然，搭配她素面朝天的清秀也相得益彰。“妹子，你这串真好看。”

得玉将手串递给我让我看清楚，我接过珠串欣赏起来。“真好看，古朴而低调。”

“姐姐，你这个翡翠手串清透如湖水，也非常难得。”从她这个“也”字我知道，什么有特殊意义的珠宝都是平等的。

“这黄龙玉料子不见得多贵重，可是也有它的好看、独一无二之处。”得玉解释道。

正在开车的段一平补充说：“我们要去的地方就是黄龙

玉的主产地了，就是龙陵县。离腾冲也不算很远。”

我看见一颗颗椭圆形珠子打磨的很好每一颗都有渐变的层次感，看上去很精致，只是有一颗好像出现了一点点裂纹，像是被摔过。

“这个……”我刚要指出来，得玉就解释道：“有一颗不小心砸到，这次去龙陵就是带着一块原石去请工匠师傅打磨了补上。”

我很惊讶，居然还有原石。这么整齐的料，如果是市场上买的，摔坏了一颗怎么也是很难补的。于是问：“怎么还会有原石？是出自同一块料吗？”

“我的爸爸平生有一个爱好，就是收藏各种石头。只要是喜欢的无论是形状，或者色泽，或者质地，都会收藏。你难以想象我爸爸有多爱收藏石头。”

“每个人都有自己的爱好吧，很多东西是没有来由的，就是喜欢。”我想起妈妈和我说的爸爸的事情，我的爸爸就是执迷于玉，为了那一场执迷，在所不惜。

“是的，叔叔伯伯们都不理解我爸爸为什么那么喜欢石头，就算是投资也是极其不科学的投资。可是爸爸不是为了投资，就是喜欢的东西控制不住。我叔叔还说，哪怕是喜欢收藏一些宝石，少一点都好。”得玉说话间，带着耿直和真诚，甚至露出一丝骄傲的神情。“可我爸爸就是这样，纯粹的喜欢，丝毫没有功利之心。他平时很节俭，买石头也是量力而行。”

我握着这串黄龙玉手串，突然觉得有些分量。“你想过你爸爸为什么喜欢收藏这些石头吗？”

“我和妈妈都没有多想，我只知道我小时候爸爸和我说的，每一块石头，看形状、看纹路，看什么都好，都有一段故事，爸爸被这些故事打动了，于是就收藏了。”

“这不是说给小孩子听的吗？你到现在还信？”段一平插话道。我拍了拍段一平的后座，示意他别多嘴。

“我爸爸很耿直的怎么是骗小孩呢。虽然我一开始也没有明白。”得玉淡淡一笑，道：“可是妈妈说，爸爸只是真爱上一个物件，就像梅妻鹤子那些故事的主人公，可是爸爸又是很实在的人，对待冰冷的石头都诚挚，对待家人更是无微不至。”她的眼中饱含着幸福，属于来自三口小康之家的幸福感。

“早几年前，我爸爸爱上了现在叫的黄龙玉，收了一些原石。他精心选了出来，为我和堂妹每人做了一串黄龙玉手串。他最喜欢的石头，就变成了我和堂妹的人生第一件首饰。”得玉只是轻描淡写地说，一边说一边情不自禁地摆弄了一下胸前的黄龙玉水草花吊坠。

原来这个吊坠还有手串每一颗珠子都凝结着得玉她父亲的爱——把最好的给最宝贝的人，我手握着这串黄龙玉珠体会着别人的父亲那片深沉而无言的爱。就算我只能体会别人的父爱，也明白父爱不是那么直接表达出来的，都说父爱如山，深而重。我想着这黄龙玉来自于地，任岁月沉积，如果不被发现，将深埋。父亲的爱何尝不似这种美玉，深藏不外露，一旦发现它的价值和美，又是不可言说的感动。

我不禁想起包里还躺着那个长者送的南红玉，那就是我所感到的“父爱”所在吗？我定了定神，阻止着自己潜意识里的敏感。不……或许我只是个过客，甚至是看客，看着一件件珍贵的玉石，代表着因情感而珍贵的玉石。

“懂得欣赏它的人，自然明白它的珍贵。”我将手串小心翼翼地还给得玉。“你这串黄龙玉可珍贵了。”

“你这个，质地都不一样吧。要不然，林琅你手上戴的为什么是翡翠不是黄龙玉？”段一平调侃道。

“这个又不是我的……”我突然感觉到自己的失言。

车里的气氛突然安静了几秒钟，得玉疑惑地看着我。

“对！我猜……他不会送给你的，不会的。”段一平眼盯着公路前方，嘴上却冷不丁地叨念着。

“你说什么？”我问。

“也许他们很早就认识了。”段一平继续叨念着。

“谁？他们是谁？”我干脆闭上眼睛，把头枕在了椅背上。

“你就是不想说这个是怎么来的。”段一平说。

“那你还问。”我也说。

得玉明白气氛突然比较冷，连忙说：“来，换个话题，我们还是说说云南的民族风情吧……”

2

已经接近龙陵了，得玉说要找原先帮他爸爸制作手串的那个工匠师傅，我问她是否知道师傅的姓名。原来，她只知道一个电话号码，而且联系之后知道，碰巧这几天那个师傅才在龙陵，他们约定了今天见面。

我问：“非要找这个大师不可吗？”

“爸爸说这个师傅虽然年纪不够老，可他是真心诚意做雕刻和玉石鉴定的，当年愿意接我爸爸的这个活，就是被爸爸收藏石头这份爱和执着打动。前段时间，我爸爸好不容易才打探到这个师傅的电话。这次找到他，他也非常高兴和感动呢，愿意帮我补上。”

“找人都是不容易的事。你和你爸爸这样的执着人真是很难找了，一般都是换一个师傅也无所谓，只要打磨出来，形状一致就可以了。”

“大概我们觉得意义不一样吧。工艺也是工匠诚心的体现。爸爸说那个师傅是虔诚的工匠，有一颗纯粹的心对待珠宝玉石，非常难得。这次来找他，一定要好好认识一下这个师傅，也能学到更多对生活的态度吧。”

其实说到执着，我又何尝不是如此执着的人呢？如果不是我坚定了再一次和他见面的心，我直接把手串交给警察也就罢了。

“都是找人，不过得玉妹子真是幸运，居然给找到。而我们还不知头绪呢。”段一平苦笑道。

“我愈发觉得，云南真是藏龙卧虎之地。”我突发感慨，不知道适宜与否。

“你们瞧沿途这么多火山，谁又能猜得出，这连绵的群山中还埋藏有多少不为人知的宝贝呢？十年前，如果没有采矿工程队的寻找，又哪来的人众称美的黄龙玉呢？所以说，人不能不猜想，但是光凭猜想是得不到任何成果的。关键在于寻找，只有努力寻找了，才能发现你猜想的结果。不然，为什么要提倡敢想还要敢干。”

“对，对，是这么个理。”我连连点头称是，我和得玉不禁异口同声：“想不到阿平哥你也文艺起来了。”

猜想和寻找是人类进步永无止境的动力。

段一平的话把我带入了阵阵遐想。我又想到了“鸣珂”。他究竟是什么样的人呢？在他悄声离我而去的时候，我都有过无数次这样或那样的猜想。也正是这种猜想，让我大胆地走上了寻找他的路途。可是寻找一个人的路怎么就那么难呢？

正如段一平所说，如果没有采矿工程队的用心寻找，也许黄龙玉的原矿依然是埋没在山中的一片石头。或许深埋，或是被遗弃。寻找何尝又不是求证的过程。在寻找的过程中，我之所以感到力不从心，也许就是因为他不是固着在山中的黄龙玉。他是游走在人世间，活生生的人。不过，怎么说我也要求证下去！

3

在聊天中，我们到了龙陵县城。因为这个区域比较特殊，过了收费站就有刑警检查。敏感的我注意到段一平似乎有一丝紧张，不知道是害怕警察查到他的职业，还是担心我知道他的职业。

段一平问得玉要去到龙陵县城的哪个位置，得玉说是黄龙玉交易市场找那个工匠师傅。听段一平的意思，正好我们也去那里。

还不到龙陵县城的公路边，有一处很大的空旷场所。段一平在这里停下了车，他说，这里就是龙陵著名的黄龙玉交易市场。从山里开采出来的黄龙玉原矿，全都集中到这里。然后再卖往全国各地和国外。也有部分原石在当地打磨加工成大小不一的黄龙玉饰品和日用品。

我们走进市场，一眼就看见大面积的空场上堆积着一座座像小山一样的原石。连成片的摊位里摆满了大小不一，各种各样，光泽诱人的黄龙玉成品。有寓意美好的蛟龙、凤凰、展翅高飞的雄鹰、扬蹄奔驰的飞马、富贵牡丹花等等传统题材的摆件。也有极富时代感又非常逼真的手机雕件等等。还有如笔筒、镇纸、笔架、饭碗一类黄龙玉制的生活用品。真可谓又是一场琳琅满目的视觉盛宴。

在短暂的车程过后，直到我们下车，我们和得玉已经说完再见了。

“喂，师……师傅，你好……”得玉改用云南方言给那个工匠师傅打电话了，一边打一边渐行渐远。很幸运遇到这么纯粹的女孩，想到以后也可以微信常联系，便也没什么依依不舍。

段一平又开始若有所思起来，他喃喃道：“我总觉得刚才听到的有什么不对头的地方，说不出哪里怪怪的。”他这次用的普通话，好像是对我说话一样。

“有什么怪怪的吗？你想多了吧？”

他安排我让我随意逛一逛，他离开一下，待会儿再给我打电话。他的安排很有条理，而按规矩，我不能问他去哪里。

我饱含兴味的一连参观了好几家的陈列品，也没有再怀疑。哪次找人，都是他去找他的人，我逛我的风景、商店。等他找人有了结果，他自然就会来找我的。

这一次他要是有意甩掉我这个“包袱”，如果真是这样，那么我找那个人的事从此也就渺茫无望了。

我看着一片黄色的玉器，再想到这些，我仿佛突然间被抛弃在空无人迹的茫茫沙漠里，茫然的不知路在何方。看来我跟心中的那个他，只能是一面就是永远，别离就是终生了。

我好不容易回过神来，就看见迎面来了两个着警察制服的青年人。他们两人走到我的面前，朝我敬了个礼，问：“请问你是北京来的林琅吗？”

“是啊，你们怎么会知道我的？”我惊异地回答。

接着，他们向我出示了警官证。说：“请你跟我们去公安局一趟，我们有事找你。”感觉周围的路人都用异样的目光看着我，似乎觉得我是盗窃黄龙玉的贼一样。

“什么？你们有没有搞错？”我神经一绷，自然反映出紧张感：“……有什么问题吗？”

年轻的警察也不作正面回答，只是说：“我们在执行公务，请你给予配合。”

“我还要等着我的朋友。”

“段一平是吗，他也在那里等你。是他告诉我们你在这里的。”

听到其中一个警官这么说，我更加紧张起来，难道是段一平犯了什么事吗？我赶紧抓住手上冰凉的玉手串，仿佛它能让我镇静下来。

在故作的镇静中，我只好跟他们上了警车。我甚至很担心，一上警车他们就会立刻拿出手铐扣住我的双手。

段一平……

你到底是什么人？

4

来到公安局后，他们把我引进一间会议室。给我泡了杯热茶，然后就出去了。

即使非常口渴，我也没有碰触那茶杯。我感觉此刻我的手，就如玉手串一样冰凉。不多一会儿，会议室的门又打开了。一个熟悉的身影出现在我的面前。

“啊！”我一下就惊呆了：“你……怎么在这儿？”我看着眼前的人实在是不敢相信，“你究竟是什么人？警察都找你……难道你接近我是有什么不能说的秘密么？”

“对，警察是找我。”段一平脸上闪过一丝坏坏的笑，说：“我就是被警察抓来的。我还说你是我的同伙。”

他的口气像极了开玩笑。可我此刻不得不认认真真地听他讲完。

“那你是什么人？我们找的又是什么人？”我不由得胡思乱想起来，“鸣珂”也牵扯到警方吗？

“如果我们找的是一个坏人，你还要继续对他念念不忘吗？”段一平轻轻一笑，看起来漫不经心的。

“不会的。他不像是坏人。”

段一平摇摇头：“你能看出好人和坏人？你看我像不像坏人？还不是进来了。”

“你……你顶多是江湖浪人嘛！”

“噗。”段一平很惊讶这个评价，连忙说：“原来我就是这个形象。”

“那你说，你接近我是什么目的？”

他看着我笑起来：“说什么呢？哪儿有那么复杂，我段一平可是光荣的人民警察，怎么会对你有别的目的，若不是实在是没有头绪，我还不愿意让你知道我的身份呢。”

说着，段一平就在我的对面坐了下来。从衣袋里掏出了一个墨蓝色的小夹子，推送到我的面前。

“警官证？”我打开一看。不错，照片是他的，上面的印章都应该是真的，名字也是段一平没错。

“原来你是警察呀。”我惊奇地说。

“怎么，不像啊？警察带你去找你要找的人，不是更好吗？你是不是要改变主意了？”

“不，不，我是说，我们要找的那个人，不会真的是……”我有些口吃。

“你想说不会是大坏人，或者大毒枭什么的，对吧？”段一平替我补充了我不愿说出口的话。

“这样吧。”他继续说道：“我先和你讲个故事吧。”

5

早在上个世纪，腾冲有个马帮行业的一个头目叫杨万洲。他拥有七支马帮队伍，长年行走在滇西的古道上。往西从云南驮运货物到西藏；往南驮运盐巴等物资到边境，乃至通往缅甸、老挝等国家；往东驮运物资到昆明达四川、贵州、广西等省区。

杨万洲生养有五个儿子，他最盼望妻室能为他生下一个女儿。在1920年冬天，杨万洲的女儿终于出世了。杨万洲视其为掌上明珠，给女儿取名明珠。

明珠刚一出生，她爹就给她打造了一只纯银的长命锁。明珠才满一百天，她爹就从缅甸买来了翡翠请昆明的工匠雕刻了一只如意挂件。这只挂件水头饱满，绿色明亮。挂在明珠的脖子上，人人见了都称它是稀世之宝。明珠刚满一岁时，阿爹又送她翡翠福瓜。明珠两岁那年，她爹又给她买了黄翡翠喜鹊挂件。明珠满三岁时，阿爹见她长了个头，又专门为她定制了一只竹节状的翡翠挂件。明珠满四岁，阿爹又在缅甸从一个法国人手中，买到了一只红宝石项链送给他的宝贝女儿。明珠五岁时，她的阿爹又从缅甸的一个东洋人那里，为女儿买来了一串珍珠项链。明珠六岁那年，她爹又送给她一只翡翠青花种的平安扣。他祝愿女儿平平安安长大。明珠七岁这年，她挂着阿爹送给她的生日礼物——一只羊脂玉的平安扣。和小伙伴去玩耍。回来时，阿妈发现她戴着的平安扣不见了。阿妈追问她，她也不急也不怒，一句话也不说，只是天真地摇摇头。其实，明珠七岁前，就不止一次地弄丢了她得到的那些珍贵佩饰。每次阿妈责问她，她都一个样，摇摇头上的两个冲天鬏就了事了。阿爹知道了也只是哈哈一笑说，丢了，再买也就是了。

明珠得到第一只价值不菲的翡翠手镯是她十六岁那年。这时，明珠已经是个窈窕拔萃的大姑娘了。阿爹送给她只玻璃种的翡翠手镯，戴在她白皙圆嫩的手臂上，真可谓是物得其主，漂亮非常。人人见了，无不啧啧称赞。

这一年，阿爹把明珠送到昆明去上学。在昆明正好遇上西南联大的学生组织抗日募捐活动。明珠毫不吝惜地把刚刚戴了三个月的那只玻璃种的翡翠手镯当场捋下来，连同阿爹送她的一些耳环物件一起捐给了抗日活动。

明珠十七岁那年，阿爹又托人给她带来了另一只翠色欲滴的缅玉手镯。六月的一天，明珠起床，不小心将枕下的手镯甩落下床，当场摔成几截。就在这天，明珠收到了腾冲的家信，疼她爱她的阿爹过世了。家信中还写到了阿爹受伤至死的经过。

信中说，阿爹是在随一支马帮运货去滇南的路上，不幸遇上了劫道的土匪团伙。 阿爹和伙计们与土匪展开了搏斗。在搏斗中，阿爹不幸负了重伤。幸得有年轻力壮的伙计海哥，一路把阿爹背回了腾冲。医治不到半月，阿爹便与世长辞了。

明珠得知阿爹过世的噩耗，立马辍学返回了家乡。全家人为阿爹的惨遭不幸而悲痛不已。也对海哥的搭救之恩感激万分。

明珠的大哥送给了海哥一笔钱，以表感激之意，海哥不要。问他要什么？海哥说什么也不要。海哥的行为却深深打动了妙龄女明珠的心。

海哥是来自洱海畔的渔家孩子，从小跟随父亲在洱海边打渔为生。海哥五岁那年，父亲就病死了。从此，靠母亲织补渔网，供海哥成长。海哥因家境困苦，经远亲介绍，来到远在腾冲的明珠家当上了一名赶马人。

在明珠看来，海哥在赶马人中，数他年纪最小，但是心性最高。马帮中的人称海哥为书呆子。不赶马上路时，他喜欢窝在屋里看书。赶马途中，夜间歇脚时，一有空也在看书。但他干起活来，又特别能吃苦耐劳，从不偷奸耍滑。阿爹也常夸海哥聪明能干，没少给马锅头们出点子想法子。只要赶马运货途中遇到难处，大家都乐意找他商量。

明珠早就对海哥有了倾慕之心。如今，在阿爹受伤逝去的这件事上，海哥的仁义更让明珠动情不已。

明珠爱上了勤劳、善良、上进的海哥。

明珠和海哥的频繁往来，很快就被明珠的家人看出了端倪。尽管明珠的家人也认为海哥是个好小伙，可是无论如何也不能让杨家的掌上明珠下嫁给一个马帮伙计。

于是，母亲出面劝阻明珠，明珠根本不听。几个哥哥斥责妹妹，妹妹也不当回事。明珠反而和海哥来往更亲近了。

接着，继承父业的大哥以感谢海哥救父之恩为名，提拔海哥当了一支马帮的马锅头，并立即给海哥分派了运送任务。

就在海哥即将出发的这天晚上，明珠私约了海哥在一处树林中幽会。两人情话绵绵，相拥相恋，难舍难分。两人面对皓月发誓：月色可以暗淡，恋情永不变心。

在一棵根深叶茂的合欢树下，明珠和她亲爱的海哥私订终身。

海哥出乎意料地从怀中掏出了翡翠手串，戴在了明珠的手腕上。海哥说，这只手串是他在很幸运的赌石下获得的翡翠原石，用尽了当赶马人这几年省吃俭用攒下的钱，偷偷找人给做成了玉手串，想着以后找到媳妇送给她。原来，海哥的心里也早就暗恋着明珠。只是自己一个穷赶马人，心里想想也只能当梦而已。万万没有想到，今夜会梦已成真。

让明珠万万没有想到的是，她和海哥的定情之夜也就是他们的永别之夜。

一个多月以后，海哥的这支马帮回到了腾冲。马锅头海哥却不见了。赶马人告诉明珠的大哥，在回来的路上，海哥遇到劫匪，下落不明。

明珠的大哥为了让妹妹彻底死了等待海哥归来的心，他告诉明珠说，海哥坠崖死了。

可是怀上孩子的明珠，肚子却一天天大了起来。母亲和大哥多次为明珠另找婆家，规劝明珠尽快另嫁，明珠坚决不从。为了摆脱家人的纠缠，明珠毅然孤身一人跋山涉水去到了海哥在大理洱海边的家，与海哥的母亲共度艰难困苦的生活。

十个月后，明珠生下了她与海哥的儿子，取名念海。孩子生下之后，明珠的负担更重了。为了维持一家三口的生活，明珠陆续变卖了父亲留给她的所有珍宝玉佩。唯一不肯卖掉的只有海哥亲手戴在她手上的那条翡翠手串。

念海一岁以后，明珠托人在乡间找到一份教书的工作，借以维持一家人的生计。

日子一年又一年地过去了。海哥的母亲也过世了。明珠也人到中年。儿子念海已长大成人，将要娶妻生子，念海由于工作的需要离开了大理。只有明珠孑然一身执意留在老家。她永不舍弃的那条玉串，仍旧收藏在她的身边。

时间到了二十世纪的七十年代末，年近六十的明珠患了重病。她深知自己在世的时日不多了，便写信叫回了儿子念海的一家三口。明珠在病床上向儿孙们交代了自己的后事。明珠从十分破旧的瓦罐中取出了包裹得严严实实的翡翠手串，交给儿子说，这是你阿爹海哥留下的唯一念想。要求儿子认真收藏并代代相传下去。

没过多久，明珠就豁然离世了。

6

那是1981年的夏天，有一位六十多岁的缅甸老人来到云南的腾冲，他说他叫海哥，以前的名字叫石海，现在叫石百川，原籍是大理人氏。40年前，在去西藏的路上被强抓去当了兵。后来随军队去了缅甸，在缅甸有了自己的事业和家庭，就此和云南这边的家人中断了联系。今天得以重返故里，他要求政府帮助他寻找自己的母亲和妻子明珠。

经过政府和公安部门的多番努力，终于在大理。让海哥的亲生儿子石念海与生父相认了。在明珠的坟墓前，海哥握着那串他终生难忘的翡翠手串，睹物思人，老泪纵横，号啕不已。

海哥本意要儿子随他回缅甸团聚，但儿子因为工作和家庭种种原因，谢绝了父亲的好意，海哥也只能就此作罢。在临返回缅甸之前，他遵从明珠的遗愿，仍把那只手串留给了儿子念海。他只用相机拍了一张翡翠手串的彩照作为永久的纪念。

海哥承诺以后每年都会返回大理来扫祭明珠的坟墓，与儿孙团聚。可是，从相认的第二年以后，念海在大理再也没有等到父亲的归来。

光阴荏苒，又是三十多年过去了，两位长期在云南投资边贸珠宝玉石行业的年轻缅商，带着一张翡翠手串的照片来到了大理。找到了当地政府。说他们的太爷爷海哥在 1981 年回到缅甸以后，于当年冬天就辞世了。他们此次来大理，一是替太爷爷扫祭祖奶奶明珠的墓地；二是请人民政府联系到太爷爷留在大陆的后人，以便和他们相认团圆。

当地政府部门依照旧存的资料多方联系，得知海哥的儿子、儿媳已经过世。据查探结果海哥的孙辈尚在云南，具体在哪个城镇就一时难以查实。当地公安部门承诺，他们将以年轻的缅甸商人携来的翡翠手串照片为线索，以物寻人，四处寻访。只要一有可靠的消息，就及时告知两位商人。

7

段一平讲完了手串的故事，笑着对我说：“这下你可知道我要找那个人的用心了吧？”

我高兴地说：“好了，我知道你是警察，以后找那个人就更有把握了。哦，对了。你刚才在黄龙玉交易市场有没有什么消息？”

段一平摆了摆头说：“毫无收获。市场里的熟人说，他们从没有见过戴水绿翡翠手串的男人来过交易市场。”

我说："那以后我们又该去哪儿寻找？"

段一平笑笑说："我也正是想到了以后，才让人把你请到这里来的。"

"你这话是什么意思？"我狐疑地问。

段一平又笑了笑说："我的意思是想和你分析一下，以后你还有必要和我去找那个人吗？"

"当然有必要。"我坚定地说："我一定要找到他！"

段一平手扶下额，沉思了一会儿。这才说："我还是要问，你手中的翡翠手串真的是捡到的吗？"

"哎呀，你要我说多少次你才会相信。真的是我无意中捡到的。"我很认真地回答道。

"如果是这样，"段一平说："我们一同找人的事，就没有必要再继续下去了。"

"为什么？"我问："难道说你们……。"

"我们公安部门当然是要找下去的。"段一平打断了我的话说："我是说，你是一个女孩子，用不着跟着我又费力气又花钱地找下去。你……"

"我不怕……"

"你听我讲完！"段一平又堵住了我的话头，继续说道："你能不能把手串交给我们，由我们替你交给那个人？"

"不行，不行。我一定要亲手交到他的手上。"

“这样吧，如果你信不过我。我可以提请上级公安机关给你出具一份有法律效力的文书，上面写明：一、收到了你交来的翡翠手串；二、我们一定设法交到失主手上，并向失主告知你拾金不昧的高尚品格；三、一旦找不到失主，我们一定原物赔还给你。这样总可以了吧？”

段一平这样说，真叫人无言以对。我如果交出手串，就意味着我再也见不到他了。如果我说出了真情，那不就暴露了我和他之间的那份隐私。这到底该如何是好呢?

我陷入了激烈的纠结之中。此刻我担心一旦我把手串交给他们，我便再也见不到那个人。

段一平也不再说话，似乎是在等待我的答复。

一阵沉默过后，段一平严肃又和蔼地说：“林琅，今天之所以把你叫到这里来，我就直说了吧。就是想请你说几句真话。我敢肯定你手上的翡翠手串就是你想找到的那个人送给你的。为了你不肯告人的某种隐私，你才不得不硬说是你捡到的。你尽管放心，我不会追查你和他之间的任何秘密。但是，在回避你的隐私的前提下，你能不能给我们公安机关提供一些有关那个男人的情况。诸如他的长相特征、衣着、身高、口音、住址、籍贯及至手机号等等，你所知道的。如果手串是他给你的，你就一定见过他这个人。那么也一定能提供出我说的那些毫无隐私可言的情况。当然喽……”

段一平说到这里又忍住了，他说得有些激动。他喝了一口茶水，歇了歇又说:“你知道我们这一路找他最缺的是什么？就是有关这个人的信息。单凭我手上的一张照片，你手上的一件实物怎么找？就算我的熟人分析说这个人可能是玉石珠宝这股道上的人，也不行。几天来你也瞧见了，滇西这一片以玉器珠宝营生的人太多太多，少说也有几万人吧？在那么大人群中想找出这个人，没有起码的信息材料怎么找？那不就是大海捞针嘛。所以说，我和你相处有几天了，我一路观察，你是一位正派、热情、诚实的好姑娘。我相信只要你打消了不必要的顾虑，你一定会帮助我的。当然也是帮助你，说出你应该知道的一些真实情况。你好好想想吧！”

段一平真情入理的这番话，强烈撞击着我的心扉。我不敢对视他尖锐犀利的双眼，低下头，进入了剧烈的思索之中。

“好的，那你要答应我，有消息就带我去找。我也算是他女朋友吧，我有知情权……”

“只要不耽误我们找人的工作，可以我单方面答应你。”

深思良久，我终于鼓足勇气说出了我编辑过的真实情况。

我讲了三次和“鸣珂”相遇的故事，还拿出手机，告诉段一平我知道的微博信息，就连我喝醉酒他送我回来的事情也一并说了出来。期间也就介绍了他的相貌、身高、穿戴、谈吐、气质等等一些内容。

可是我很担心，一旦我说完全，警方会觉得我和玉手串的联系变得无关紧要。我说，我和他谈得十分投机，相处也很融洽。他提出要和我处朋友。虽说我对他也很有感觉，但是要处朋友，我一时也拿不定主意。他看我不明确表态，临走时就把手腕上的翡翠手串捋下来放在了我的面前。他说，他可以等我考虑考虑。想好了就戴上手串去找他。

段一平一边听我讲述，一边在一本便笺上做笔录。听我讲到这里停住了，他这才抬起头问："完了？"

"没有了，我知道的真实情况就是这样的。"我嗫嚅地回答。

我不知道，在这个地方，在段一平一本正经的样子面前，我什么时候变成了一只被关进牢笼中的小鸟。心里感觉到一阵又一阵的寒战。

段一平放下笔，依然笑着问我说："那个男人走了以后，你没想过再去找他？"

我说："想找啊，可是到哪里去找？"

"他也没有给你留个手机号码、通讯地址或者什么联系方式？"

"也没有。"

"这就怪了。"段一平说："那么你呢？"

"我……"我不知如何回答，只好说："我什么也不知道。"

段一平见我这样窘迫，哈哈地笑出声来。他劝慰我说：“你不要那么紧张，我还是你熟悉的朋友段一平。我想问你的是，你有没有把你的手机号码告诉他？你们交谈中，你有没有把你在北京的通讯地址告诉他？”

“没有，都没有，绝对没有。”我似乎平静了一些。我很想从这样内容的一问一答中解脱出来。

段一平说：“这就让我想不通了。你们两个为什么都那么荒唐？既然说好了还要见面，为什么连简单的通讯联系方式都不相互留一个呢？”

“也许是我和他谈得太热情，都忘了。”我解释说。

“也许是吧。”段一平附和说：“我也是年轻人，年轻人相聚在一起，太冲动了。总难免会做出些让人费解的荒唐事。”

我听出他的言外之意，可是我并没有解释那么多，就随他怎么想好了。

“哦，对了。”段一平好像想起了什么。他说：“你和那个人交谈中，他是什么地方的口音？”

我说：“他都是说的普通话。好像……有点云南方言的味道，不过，比你的普通话要好多了。”我也是实话实说。

“这样啊。”段一平打趣说：“你还听得出来我的普通话比他的差……那你怎么会把自己男朋友的联系方式也忘记问呢？”

“哎呀，原因你刚才不是说了嘛。”我佯装生气地说。

“开个玩笑，开个玩笑。”段一平高兴地对我说，他和我在县公安局的这次谈话，也就是公安机关按程序向知情人的一次问话。

段一平说：“你给我们提供的情况很及时，但你得保证你提供的情况是真实的。你能保证吗？”

我说:“我当然敢保证。”我提了提胆子，觉得也问心无愧。

“好，我们的这次谈话程序至此结束。”段一平说，等一下还有公安人员来给我们要找的那个人画像，要我务必参加。

在县公安局的会议室，我和段一平闲聊了一会儿，一位年轻的公安人员携着一块画板走了进来。

按这位画像人的要求，我又把要找的那个人的相貌向画像人详细地说了一遍。画像人很快就描绘出了那个人的头像。画像人问我，是这个人吗？我说，大的轮廓像，有的部分还要改一改。我一一说了好几处需要改动的地方。我边说，他边改，几经反复琢磨修改。天哪，活灵活现的那个他，又出现在我的眼前。

是的，仅仅 72 小时，他的音容笑貌已深深铭刻在我的心中。而这个画像，如同本人一样正派、俊雅。我一直的担心总算放了下去一半。

段一平和我走出了公安局，他在县城给我找了一家宾馆住下了。他陪我把行李搬进了房间。

“我走了，你好好休息，祝你美梦成真。”段一平说。

“美梦……呵呵……”我不知道在他的眼里已经是什么痴狂的女性形象了。

“我再打听打听，明天早上来接你。”段一平把房门一关就离开了。

8

这天晚上，朱媛给我打来电话，告诉我北京单位的情况。

朱媛开口就问：“亲爱的，你在云南还好吗？”

“好，挺好的。”我回答，我不知道接下来直爽的朱媛会不会突然提起以前的什么人，什么事。

“那就好，那就好，天涯遍地是鲜花，总有风景等你去欣赏呢。”

“朱媛。”我截住了朱媛的话，说：“弃我去者昨日之事多烦忧，你这话说得对，人要多看好风景，烂石头就没有必要回头去看了。”

朱媛说：“你这么说那我就放心了，那我就告诉你一个好消息。”

朱媛连珠炮似的讲了很长时间，主要的就是说我走前的那次慈善募捐 party 很成功，当晚收到了五百万元的慈善资助。

“不会吧！”我堵住朱媛叨叨的话音，说：“party 不是因为我搅局而夭折了吗？”

“不是，不是。”朱媛的尖声，震得我耳鼓直疼：“你听我说，是那个魏太太的女儿什么无双严厉地喝住了她妈咪的横蛮胡闹，让在场的富人明白了是怎么一回事。只不过你气恼之下，事前跑出了会场，没有看到之后的局面变化。真的，太成功了。就连胡搅蛮缠的魏太太也向大家道歉了，还当场写了一张一百万的支票，交到东方晟大人的手里。喂喂，林林，你在听吗？”

“我听着了。”我说。这事倒真给我带来了惊喜，让我有些激动。我又摆脱了“搅局”的负罪感，也有点抱怨朱媛怎么不早告诉我。朱媛说，其实东方总编知道我那几天的情绪变化，也想让我好好休息，没想到看上去冷酷无情的“东方教主”还有这么暖心的一面、人性的一面。瞬间我的心上有股莫名的暖气扩散全身，只想着做一个好梦。

“喂、喂，我的林，你别忙着睡呀。”朱媛还在叽叽喳喳叫个不停。

“我在听，你说吧。”对朱媛应该要有更大的耐心。

朱媛说：“‘教主’说了，就当你的辞职信不成立。既然外出旅游了，就开开心心地玩上几天。编辑部的姐们，还盼着你早日回来工作呢。喂，喂……”

朱媛继续说：“今天编辑部都炸开锅了。我们‘威震天下的东方教主’的故事太传奇了。”

“‘教主’？怎么了？”我禁不住好奇地问。

朱媛说：“大家终于知道‘教主’的丈夫是谁了。原来‘教主’年轻时还当过武警官兵，她的恋人就是那时的一个战友。两人正准备结婚之日，男方突然就离她而去，从此音讯全无。‘教主’伤心欲绝，毅然转业来到北京。她至今还常年戴在手指上的那只帝王玉绿翡翠戒指，就是当年未婚夫留给她的唯一念想。‘教主’没有为婚姻的恶变而就此沉沦，她把心思全部投入到了自己的事业上，终于取得了显赫的成功。”

朱媛告诉我，就在我离开北京的第三天，‘教主’的未婚夫又突然出现在她的面前。原来，‘教主’的未婚夫是一位缉毒英雄。当时，他被秘密调回公安战线之后，就长期在毒窝里卧底，配合有关组织破获了多起重大的贩毒案。现在是圆满完成任务回来了。

在他们迟来的婚礼上，新郎官感谢新娘这些年来对自己痴心的等候与无怨的支持。新娘‘教主’却举起她戴在手上的那只翡翠戒指对新郎说：“你太聪明了，用这只戒指就拴住了我的身心。”

朱媛说，这个故事实在太让她感动了。她感动得好几次都默默地流下了眼泪。朱媛在电话里还深有感慨地说：“我向来以为‘教主’就是一个养尊处优、处处光鲜的人。想不到她竟然也是一个饱受命运折磨的苦命女人。她走向成功之路的事实告诉了我：失恋不算什么，它无非就是人生中的一个小小插曲……”

‘教主’的故事的确是一个感人的故事。听完了朱媛的电话后，我伫立在窗前，望着天上的星星和地下的灯火，沉思良久。‘教主’的未婚夫悄悄地离去，后来终于回来了。可是我心中的那个他悄悄离去后，真不知还能不能再回来？

我不得不阻止朱媛漫无休止地讲下去。我说：“朱媛，我知道了，我现在实在太高兴了，对不起了，我想我要好好睡一觉来纪念一下这么一个大喜讯，就说到这里吧。拜拜。”

我率先关了手机，心中一片喜悦，安然入梦。

金如磊这块石头又算得了什么，我有被最难以相处的上司认可和关心，我也可以认定了一个相识不长的陌生人。

我想到《你的名字》里那一对交错时空的少男少女，“不想忘记的人，绝对不能忘的人，就算我不记得你的名字，我也会一直一直拼命地寻找你。”更何况，我没有失去关于那个人的记忆。

虔诚的信徒，从远方来到这里只为佛前献上最美的花。

他们眼神澄澈，满怀敬畏之心。他们的供奉之心，纯粹如玉。

看到异域风情的佛教徒，总有种莫名的感动。

生长于喧嚣城市的我，此刻在这里，和他们一样纯粹地站着，学着他们的样子默默祈祷着。

我在祈祷什么，祈祷遇到最想见的人，祈祷着一切美好。

第七章　彩云边城

1

“我们去瑞丽。”段一平一大早开车来接我，和我提了接下来的行程。

瑞丽这个地名，我并不陌生，在时尚杂志的编辑工作中，经常会见到这个地名。瑞丽是云南紧挨中缅国界的一个美丽的边城，也是一个和各种玉石珠宝有着千丝万缕关联的地方。

我们乘坐的轿车离开了龙陵县城，马上就驶入了平坦的高速公路，视野也变得开阔起来。但公路两侧仍旧有重叠的大山。

大山间的雾气，使起伏不断的山路反复穿梭在仙境。清雾如纱，在氤氲之下，山的绿色显得更加美，感觉我们在云中漫步。

我问段一平：“瑞丽，在我印象里是玉石之城呢，离龙陵远不远？”

“不算太远。”段一平稳握方向盘，盯着前方回答说：“就是路难走一些。”

“阿平哥，听说瑞丽是中国四大珠宝集散地之一，那里的珠宝交易市场一定比我们走过来那些地方的都大吧？”

“当然！”段一平说：“大得根本谈不上哪里是固定的市场。可以说，瑞丽的大街小巷都在做珠宝玉器的生意。不光国内很多省份的珠宝商来瑞丽，还有境外缅甸等等国家的珠宝商也来瑞丽做生意。”

“哦。”段一平又说：“我要提醒你，去瑞丽的路上也会有一些人在公路边兜售玉石珠宝，碰到那些人千万不要和他们搭腔，那些人手上多数都是歪货。”

来云南的这段日子，我知道云南这边管假货叫“歪货”。之前就知道，很多歪货以次充好，不禁叹息：“哎，都是这些人，干扰了珠宝玉石这么美好的行业。”

“天下熙熙皆为利来，天下攘攘皆为利往。珠宝美玉能获得利益，肯定很多人就敢钻空子。”

任何有价值的东西一旦被人们珍视，总是有人用假货来谋取更高的利益。“那么……我还是相信有纯粹的做玉石的人，就为喜欢，真爱。所以也不会污染这些珠宝玉石行业。”

“这样的人，不知道还剩多少。”段一平半讽半笑，顿了顿说：“不过，我对这个行业没有什么了解，只能随便说说啊。其实……不管哪里有黑暗，哪里总会有正义。滇西，这是个充满神秘的地方。就算有的人有的事在这片纯净的土地上洒下些许尘埃，可是我总相信你们文化人的一个成语‘瑕不掩瑜’。”

我想，他既然是警察，在他那儿遇到的也准没什么好事。

很快我们的车穿过了云雾，我只觉得天更加接近浅蓝色，可是云却越来越低了。感觉云就那样浮在低矮的山间。

我迷迷糊糊打起盹来。不知什么时候，车子一下较大的晃动，我睁开了眼睛。我正了正身子，问：“快到了吧？”

“已经到了瑞丽了。”段一平说：“你瞧两边山上的树木和先前的都不一样了。”

我从车窗里望出去，山脚山顶全都覆盖着密密麻麻，绿得发黑的植被和阔叶树木。已然是热带风光了，甚至路过的民居都有些不一样了。

我这才发现我们在小路上，我疑惑道：“我们刚才不是还在高速公路吗？”

“我想等你一觉起来吓吓你，把你拉出国界，卖到缅甸……”段一平开玩笑道。

“警察也干这个勾当吗？云南这边出国真的有那么容

易？”

“当然不是。我们正好路过，带你去畹町桥看看。”

畹町桥，似乎有点印象。我想起“鸣珂”的微博里有一个定位就是在畹町桥边。还发了一小段随笔：“希望的桥梁，从前是为正义之战，现在是为更多的机会，感恩历史。”

我连忙在网上查起了资料：“畹町桥位于畹町市区一侧，是中缅两国交界河上的界桥，也是中缅两国人民通商互市、经贸文化交流的重要通道。该桥于 1938 年抢修滇缅公路时初建，是当时我国对外联系的重要国际交通口岸。几十万中国远征军从这里进出境，几百万吨军援物资从桥上通过运往内地，因而名震一时。近几年为了两国边贸发展的需要，修成更宽更牢固的钢筋水泥桥。桥的两头分别驻有两国的海关、边防检查站等单位。每天都有成百上千的两国商人、边民在这里进出，一派和平安宁的祥和景象。”

“第二次世界大战期间，日军封锁了中国所有的出海口，滇缅公路成了国际反法西斯阵营援助中国战略物资的唯一陆上通道，畹町就成了中美英三国盟军的大本营，物资的集散地，每天有成百上千辆军车从这里将物资运往内地，几十万中国远征军从这里出入国境，畹町才开始发展起来。畹町河对岸是缅甸的九谷镇，两国鸡犬之声相闻，边民自由往来，友好互市。许多边民都有跨国姻亲关系，如混板寨仅有五十余户人家，跨国婚姻就有二十余户。许多缅甸人还到畹町经商，他们说缅语、卖缅货、使用两国货币，有的连招牌也用缅文书写。另外还有一些东南亚国家的商人也云集畹町，使畹町成了各国物资的集散地。”

走完曲曲折折的小路，当我看到飘扬的五星红旗，段一平总算停车了。

这里就是畹町海关，不远处就是畹町桥。

一出车门，浑身被一股热气包裹。似乎提醒我的身体这已经是热带。

当地居民穿着清爽的地域特色衣服，黝黑的脸颊上擦着白色的粉末。还有路过的车辆，驾驶位置在右边，车牌是缅甸牌照。

持有边民证的居民来往于此，真正的依山带水，互通有无，虽然没有到畹町城区，也没有到瑞丽市，我仿佛看到遥远的云南边境上商业繁茂的气象。

正在我惊讶之际，段一平说：“等到了瑞丽，有时间去一寨两国那儿看看，一户人家在国界线上，一口井两国人民共同用，有个秋千荡出去就是缅甸。”

“这么近！”我忍不住惊讶，“真是别具特色……连阿平哥都忍不住当导游了。你是旅游景区的托儿吗？”

“就当我是托儿吧，去不去由你。”

2

离开了畹町桥，我们继续赶路。

地面越来越平坦了，视野也逐渐平展开来。我抑制不住兴奋之情，都舍不得睡下去。

段一平指给我看瑞丽的一座金塔，那一座金碧辉煌的佛塔，塔顶巍峨耸立，直插云霄。我想我们离瑞丽真的很近很近了。

“现在还有点时间，要不要去那座姐勒金塔看一看。”我想一定是段一平见我目不转睛地看着不远处的金塔，便这么提了一句。

“不耽误行程吗？”我还有顾虑。

“难得在我们彼此交代清楚后，还这么融洽。”

我怀着敬畏之心，学着信徒们的礼节，观察着这些虔诚信徒。一对情侣引起了我的注意，他们青春洋溢，他们各自怀抱鲜花，献于佛前。这对年轻人微黑的皮肤衬出目光的晶亮，两双大眼中尽是纯良与虔诚，和明眸一样剔透的是女孩手上佩戴的翡翠手镯。

他们目光中折射出来的信仰，是如此纯粹。段一平说，这里傣族等多民族聚居，又直接和缅甸接壤，因为同一信仰，都世代和睦相处。

段一平看我学着信徒的样子，只是站在一旁。也没有像往常一样调侃或者开玩笑。他的眼神中看出似乎又在想什么，直到我们走出金塔。

“真的有信仰的人，都是纯粹善良的，因为心向光明而无所畏惧，他们不觉得有什么邪恶或者黑暗是战胜不过的。只是偏偏，不怀好意的人，利用这一片美好的土地，甚至污染这片美好的净土……”段一平突然叹息着，这次说话带着些许颤抖。

“怎么了，段警官怎么突然有点激动？”

“我第一次来这里的时候，也是第一次来瑞丽。当我知道……那个时候我就要做警察，不让那些败类污染美好的一切。”他说话变得很淡然，就像平时聊天一样。

段一平缓缓把吊坠掏出来，像是纪念什么一样，用大拇指轻轻碰一下又塞回去。他的动作轻盈，眼神稍微有点凝重。

“想什么呢？”我想，是不是又有什么故事，便说：“你有什么故事要讲吗？”

“没有故事。”段一平斩钉截铁地说。在上车之前，他只是淡淡地说：“从前，一位缉毒英雄，他牺牲了，他……

他真的影响过我。不过由于种种原因和牵绊，我只能做普通警察。可是……这么好的边城，这么美的云南。一块纯如玉的地方，怎么能任由罪恶肆无忌惮？”

说完没等我继续说话，他就说：“也没什么啦！突发感慨嘛。倒是你，来这边一个人还是要小心，不要一不小心帮不法分子运毒什么的，到时候落在我手里……”

我点点头，却不想顶嘴，我在猜测着，那位缉毒英雄是他的什么亲人，而他所佩戴的吊坠大概也与此有关。可是我没继续问下去，因为他是一定不愿意说出来。

每个人都有自己秘密，都有不愿意与人分享的感慨。

3

过了城边的加油站，我远远地看到公路边有一个像是傣族着装的女人，冲着我们这边向她那边驶去的汽车，又是作揖又是磕头。

“这是干什么？”我问段一平。越近越能看清楚那个女人焦急、哭泣。

“看来，这个女人是有麻烦。”段一平停下车，匆匆向那个女人走去。

不一会儿，段一平听她说了些什么后，就把她带上了车。

那个女人坐上车后，仍抽泣不止。

段一平劝慰女人说：“大姐，你莫再哭了。你放心，我会带你去到瑞丽的。儿子丢失了，一定要赶快去找。”

女人仍然伤心地说：“谢谢师傅，谢谢师傅了。我在……在路上给过路的车招……招了半……半天手了，一个……个不停。这位师傅菩萨心肠……真是菩萨心肠……”女人的大眼睛里透着诚挚的感激

“怎么回事？她的儿子走失了吗？”我问段一平。

“嗯。”段一平点了点头。发动了车子。我递了一张手纸给那个女人。

“谢谢，谢谢，你们两位都是好心人。”女人终于止住了抽泣。

“大姐，你儿子丢失的事，有没有报警？”段一平一边开车一边问。

“我晓不得。”女人回答说。

“我是说，你找过警察了没有？”段一平解释说。

“加油站里没有警察啊……”女人说。

段一平转而对我说：“林琅，你帮我问一问她孩子丢失的情况。我在开车，说话不方便。”

我点点头。回转身问那个女人：“大姐，你儿子为什么

会不见了？”

女人告诉我们，今天她带着不满四岁的儿子阿宝去岔路口加油站卖玉石首饰，她只忙着去招揽买主，就让孩子一个人去玩耍。谁知，在路边玩耍的阿宝一回头就不见了。她急昏了，慌着要回家去找人来帮着一起寻找孩子。走了好长的一段路，方才想起加油站离家还有十多公里呢。实在是没有办法了，她只有堵拦起过路的汽车了。

段一平问女人：“阿宝身上戴着什么东西没有？”

“有，有啊。”女人说着，就从挎着的布袋里拿出了捆在一起的五个雕成弥勒佛的绿玉坠说：“ 阿宝脖子上就挂着这种的一个玉佛。”

女人解下一个玉坠递给我。佛像雕工还可以，玉质也一般。我转手又递给了段一平。

段一平仔细看过之后，问：“大姐，阿宝戴的那个也和这个一模一样吗？”

女人说：“佛像、大小都一样，玉就不同了。那个是真正的翡翠，只是下边有一小点缺口。”

我把玉坠还给了那个女人。

段一平又说：“大姐，在加油站卖玉石珠宝的那些人，你有认识的人吗？”

女人回答说：“有，瑞丽城边宽巷的刀六、撒罕寨子的依姣、我们寨子里的岩生，有五六个都和我很熟。”

“大姐，你莫太着急了。”段一平劝慰她说：“你的儿子会找着的。我们去到瑞丽也会帮你去找寻的。”

女人听段一平这样说，感动得又流出了泪水。她说：“谢谢，太谢谢师傅了。你两位真是我的救命菩萨。等我找到了我家阿宝，我喊他给你磕头，拜你做老干爹。”

这位身着一身朴素民族服装的妇女的话，显得直白而虔诚，虽然段一平也未必想收义子，可是这等燃眉之急的忙无论如何也是要帮的。段一平微微一笑，安慰着这位母亲：“放心，无论如何都会帮你找到孩子。”

我也拉着女人显得操劳的手，“大姐，您就等着活蹦乱跳的小宝回来吧。”

汽车行进了将近二十来分钟。同车的女人指着公路左侧不远的一座村寨说：“师傅，我到家了。”

在一棵茂密的大榕树前，女人下了车。女人邀请我们到她家吃了中饭再走。

可是段一平却谢绝了，说我们有急事不能停留。

走的时候，段一平记下了女人他们家里的电话，并叮嘱女人回去就赶快报警。

等女人走了以后，段一平指了指前方不远处依稀可见的一座座高楼说：“前边就是瑞丽市区，我们怎么安排日程？”

我说：“随你，你怎么安排都行。”自打段一平向我公开了身份之后，我更加依赖他了。

段一平朝我莞尔一笑，说：“行，我们先进去随便填填肚子再说。”

“那你刚才明明饿了还拒绝人家，你可真是影帝啊！”

段一平笑道：“有机会我还真想拿个影帝。”

在市区的一条小街上，段一平匆匆下了车。不一会儿，他拿着两包乳扇沙琪玛和两袋牛奶上了车。递给我一份沙琪玛和牛奶。说：“来，先垫个底，我们马上就去找人。”

段一平大口吃完一小包沙琪玛，又发动了车子。他开着车穿过了几条大街，拐进了一条行人稀少的背街小道上。我突然发觉段一平这次找人的做法与以往不大一样了。我不得不问：“我们这是要去找人吗？”

“当然。”段一平说：“小孩子走失这种事，找得越快越好，晚了就难了。”

经段一平这么一说，我才焕然明白，段一平急于寻找的首先是那个女人丢失的孩子。

车开到这条背街的深处，在一户宅院的大门前停下了。段一平叫我随他下了车。他敲响了院门。

院门开处，一个样子邋遢的中年男子出现在我们面前。此人衣着不整、蓬头垢面、胡子拉撒，像个流浪拾荒者。此人一见段一平，只说了一声“来了”便转身引我们进了门。

门内光线很暗。那个中年男子开亮了灯，我才慢慢看清了门里的一切。一个单间房，临窗的一侧是一张堆有不整被褥的单人床，此外就是几件敷满灰垢，随意放置的桌椅箱柜。只有居中的四只旧沙发和茶几，打理得还勉强能让人入座。

最让我吃惊的是这个房间。刚才我们进入的明明是一所宅院大门，按常理应该大门内就是一个院子。怎么门内竟然变成了一个单间。

中年男子请我们入座，又给我们倒了茶水。段一平给中年男子递了一支香烟，他自己也点燃了一支。悠然地吸了几口，指了指我这才向中年男子介绍说：“这位姑娘是我介绍来这里淘宝的朋友。”

我不明白，段一平是怎么搞的，说是来寻找孩子的，为何又把我拉到这种鬼地方来淘什么宝。他葫芦里究竟卖的是什么药？我想问又不便问出口。

段一平吸了一口烟，不紧不忙地问中年男子：“这几天又钓到什么好货了？”

男人说：“你这个人哪，这小半年都来过两三趟了，拿给你的好货，你又不收走。净诳嘴。”

“你的东西不如意，咋个买？”段一平说：“只要你有好货，今天就算我不买，我带来的这位小姐也会买几样嘛。快拿出来让我们见识见识。”

中年男人走到墙边，从小柜子里取出了一个小布包。解开来，铺在茶几上。哇，翡翠、琥珀、绿松石、红蓝宝石、水晶等等各色各样的首饰坠件有一二十件，看了真叫我眼馋。段一平和我凑过头去，拨弄挑选起这么些宝贝来。

段一平一眼就盯上了一只刻有佛像的吊坠，他拿在手中把玩、摩擦了一阵，又对着灯光仔细照看了几遍。

中年男子凑近段一平说：“看清楚了吧？水色多透啊，地道的老坑料。再看看包浆，有些年份的老东西了。几十年也遇不到的一个好货啊。”

段一平平静地突然问那个男子说：“这个罗汉坠，你是从哪里弄来的？”

中年男子说：“收来的。咋个，有哪样毛病？”

段一平说：“出货的人你认识吗？”

“认识……”中年男子马上又改口说：“不，不认识。他卖货，我出钱。两清走人，我非要认识他整哪样？”

“什么话？”段一平有些生气了。说：“认识就认识，说了又咽回去，你算什么汉子人？”

“不是嘛，”中年男子猥琐地说：“你买货就买货，非要问我认不认识卖货的人做什么？”

“不问他问谁？”段一平放声地说：“老实告诉你，这个玉佛坠是我丢失的，不找出那个偷东西的人，莫非拿你去抵罪啊？”

“莫乱讲啦。”中年男人似乎并不服软，说：“我两个是老熟人了，说话要有根据。”

“我当然有根据。”段一平照样大声地反驳说：“我自己的东西，我认得清。”

“好，好。”中年男子也跟着放声说道：“你凭什么说这个就是你丢失的玉坠？”

“我的玉坠下方有一点点破裂的缝和缺口，你自己看看对不对？”段一平把玉坠递给了中年男子。

中年男子拿着玉坠摸了又摸，照着灯光看了又看。他正要说什么。段一平猛不防地一把，又将玉坠夺回到手中。

段一平说：“这下你总该把那个出货的人告诉我了吧。”

中年男子沉默不语，不知道在犹豫什么。

段一平又说：“你不说也可以，那就陪我去公安局，派出所。”

中年男子一听，急了。他狡辩说：“我出钱买东西，跟你丢失东西有什么相干？我不去。”

“你买的是赃物。”段一平大声叫道：“你不去，好，我就报警。”

段一平这一说，中年男子惊慌了。他按住段一平手中的手机，央求说：“你小声一点好不好？你这样大喊大叫，让旁人听见……”

“我偏要大叫大喊，让众人知道这是回什么事。”段一平更加放开了声音。

“好，好，好，我告诉你那个卖家。”中年男子说：“城边宽巷的杨老六。”

“对了嘛”段一平说：“走，你陪我去找杨老六。”

“我还去整哪样？”中年男子嗫嚅地说：“名字、住处不是都告诉你了嘛。”

段一平说：“你去了，大家当面锣对面鼓地说清楚，也就了事了。”

“我，我还是……”中年男子一副很不愿意的样子。

“难道你不肯私了？”段一平推着中年男子的背，催促说:“走走走，莫耽搁了。我们还没吃早饭呢。”

不得已，中年男子只好跟随我们上了车。汽车开到一家宾馆门前，段一平让我下了车。

段一平下车来对我说：“你就先在这家宾馆住下。我去找人办事，最多两天就来宾馆与你会合。”

按照之前的约定，我唯有点头表示同意，就依依不舍地下车去。段一平这才载着那个中年男子，一溜烟驾车离去。

从大理到保山，由保山到瑞丽。段一平总是独来独往，从不让我参与到找人的这件事情里来。正如段一平玩笑时所说，他的“任务”是打探找人的消息，我的“任务”是驻守宾馆，逛城市，观风景，等待他探寻到的情况。

进入瑞丽境界，途中遇见那位农村妇女丢失儿子的事。段一平才一反常态，直接把我领到了那个中年男子的家里。

当我看见段一平巧妙地找到阿宝戴过的那只玉佛坠时，我这才明白段一平的真正用心。我为找到拐骗阿宝的物证而激动，一心要跟随段一平去抓获拐走阿宝的骗子。可惜段一平……在途中段一平又把我一个人丢在了宾馆里。

我不知道段一平把那个知情男子押走之后，又会发生些什么。我只能祈愿段一平能够顺利地把阿宝找回来。

在宾馆的餐厅吃过晚饭后，天渐渐黑了下来。

我独自站在宾馆第六层的客房窗前，欣赏着瑞丽城灯火辉煌的美丽夜景。心里盘算着瑞丽之行的打算。

我翻阅着“鸣珂”的微博，我发出去的私信依然没有得到回复，“鸣珂”的微博一直没有刷新的记录。我搜索他微博中带有关键词“瑞丽”的微博信息，一下子出来好多。

其中有一条——“瑞丽是一座风情万种的边城，这里的虔诚、纯净原本是让人感动的，我这才真正明白，什么叫作‘瑕不掩瑜’，要做‘瑕’还是做‘瑜’？在乎人心吧。”

在知道了阿宝被坏人拐骗的事，确实算是“瑕”吧，据段一平说这里还有很多我们看不到的罪恶，还好，我始终相信还是纯真和善良多一些。我难以忘记那些民族服饰的居民们纯净的眼神，难以忘记当地路过的小孩子们纯真可爱的笑容。

百度上说：“瑞丽属南亚季风性气候，全年只分旱雨两种季节。基本无霜期，年平均气温21度。降雨量1394.8毫米。年平均日照是2330个小时。冬无严寒，夏无酷热，花开四季，果结中年，是一块不可多得的热带地区。” 我将欣赏到难得一见的热带地区植物的美好风光。

瑞丽是多种少数民族聚居的边境城市。我一定会观赏到独特多样的兄弟民族风情和建构别致新奇的民族房舍。看到境外过来的南亚客商。

瑞丽是中国著名的四大珠宝美玉集散地之一。我一定要走遍城里遍布的大大小小珠宝市场。饱览我特别关注的奇珍异宝。

让我觉得最难的是，瑞丽我初来乍到，人生地疏。在这个不算小的陌生城市，没有向导，我将难辨南北西东。光凭我自己的乱撞乱闯，不要说观光什么中意的风光景物，就是一日三餐，也难吃到可口的美食。我只是翻阅着“鸣珂”的微博信息，想要像其他网友一样给他留言，可是想想他至今都没有回任何消息，那么问也是徒劳吧。为什么“鸣珂”你就是不上微博呢？

4

清晨，一对傣族少年男女来到宾馆找我。

少年叫岩纳，是家里的儿子，五官稚气未脱却已经很有轮廓感，肤色略深，牙齿整齐而洁白。少女是他的妹妹，叫玉恩，脸小而精致，下巴呈自然尖，身材尚未长成。

对于这么好听的名字，他们说，这不是他们的学名，而是乳名，他们还没有结婚，就习惯这样叫。他家和段一平都是老相识了，是段一平叫他俩来陪我在瑞丽四处耍耍。他们都是当地人。

我们相伴走出了宾馆。我邀他俩一起去吃早点，他们就带我去了一条僻静的小街。在一棵浓荫遮天的大榕树下，有一间用竹篱和木棍搭成的风雨棚。棚外的门头上，悬挂了一块招牌写有“大榕树”三个汉字。难道这就是餐厅？我正在猜疑之际，玉恩已亲热地牵着我的手，在一张竹篾编成的小圆桌前坐下了。我四周环顾，好像是异地人本能的好奇心。

来往吃早点的当地人也还真不少。

岩纳问我：“想吃点哪样？”我完全不知道，所以无法选择，只好说：“随便。”

岩纳一阵张罗，端上来了三碗当地时兴的小吃。

碗中的食材我并不陌生。自从我来到云南，饵丝、稀豆粉这些小吃，我已经不止一次的吃过了。但把饵丝和稀豆粉放在一起，还要加上芫荽、韭菜、辣椒等等的一些配料，真不知会不会好吃?

“吃呀。”玉恩见我还在犹豫，不肯下筷。便催促我说：“好吃得很，尝尝。”

我效仿玉恩把碗里的食品搅拌均匀，大胆地吃了两口。唔，味道还真是不错。辛、酸、咸、辣、鲜、香多种味道组合在一起，这一碗稀豆粉拌饵丝的确有种独特可口的味道。

接着，岩纳又拿来了三杯奶茶。岩纳介绍说，瑞丽奶茶的制作原料都是来自缅甸。经过厨师的精心调配，制作出来的奶茶，不光色彩不同，味道也别具一格；玉恩也说，来瑞丽就一定得喝奶茶。因为除了瑞丽，别的地方就再也找不到这样色鲜味美的奶茶了。

我举起面前的奶茶看了看，这里的奶茶的确不是乳白色的。而是一种诱人的橘黄色。我正想尝尝这奶茶的味道，玉恩拦住了我。她诡谲地拿起桌上放有的一片柠檬，往我盛有奶茶的杯子中挤了几滴柠檬汁水，这才让我喝一口试试看。

我大口喝下奶茶。哗！我口中立刻充溢了醇厚的奶香，其中还伴随有一种难以言表的美味。那种舒服惬意的感觉立马就爆棚了。

我瞅着大伙都吃得差不多了，正想去买单。玉恩一下就拽住了我。

她说："阿姐，你听我说。我和岩纳来找你之前，段一平哥就交代过了：你是远道而来的客人，这两天陪你在瑞丽游玩、吃饭、打的等等的一切开支，都不准让你花费。"

说话间，岩纳已在饭馆结了账。

我还能再说什么呢？心里阵阵涌起了对段一平的感激之情，其实我们是如此的萍水相逢，他完全没有必要这么做。

我们三人行走在一条平直的大道上，街道两边和街中央的一段段绿化带，都种植的是枝繁叶阔、根须龙盘的亚热带树木，棕榈巍巍挺拔，树干笔直高耸，树冠长叶婆娑；大榕树盘根错节，树冠浓叶蔽日。还有那些我从未见过的热带植株花草，都长得茁壮肥硕。

突然，大道前方传来阵阵乐曲声、锣鼓声和人群的喧闹声。

不一会儿，在人行道拥挤观光的热闹人群中，一辆又一辆装饰得花团锦簇的牛拉彩车款款地迎面驶来。每辆牛车的花饰中央都娉婷地站立着一位妙龄女郎。她们一个个浓妆艳抹，身着款式大方高雅的傣族女装。时而改换着身姿，做出各种妖媚姿态，以供品评欣赏。观者如迷如痴，不停地鼓掌喝彩。

玉恩告诉我，这是瑞丽特有的民间牛车选美活动。通过参加选美牛车的沿街游行展演，从中选出瑞丽民间最美的牛和最美的姑娘。选美的标准有三条：一是牛的体格健美雄壮；二是牛车上的姑娘美丽贤淑；三是牛拉的花车装饰的独特新颖。

经过玉恩这么一解说，我还真看出些门道来了。

我说："你们瑞丽的傣家人真不简单，一场牛车选美表演，还包含着那么深厚的文化意义。"

"给是？"岩纳新奇地说："阿姐，你说说，牛车选美怎么就文化了？"

我说："我只是那么随便一说，看着热闹新鲜也就可以了。"

"不嘛。"玉恩拉着我的手，撒娇说："阿姐，你就说说吧。牛车选美怎么就文化了？"

"好吧。"我指着前进中的牛车队伍说："瞧那些参选的大黄牛，每一头都毛光水滑、肌健体壮。关注耕牛的茁壮成长，以耕牛的壮实为美，这本身就反映着傣家民族对农耕文化的重视；再看花车上的美女，一个个长得如花似玉，她们的一举手一投足，为显示肢体身段之美，而亮出的各种姿态，表现出她们都训练有素，与大城市的时装模特儿走秀，已无太大差别。足以展示了这些参选的外形之美。”

我问玉恩：“她们除了游行参选，还要进行文化考试吧？”

“考呀！玉恩惊奇地看着我，说：“你怎么知道的？”

“外美内秀才是美人嘛。”我接着说：“选美女本身就是一种人文关怀。”

“咦，有道理。”岩纳搔了搔鬓角说：“那么花车呢？花车又代表了什么文化？”

“城市文化。”我解答说：“这些牛拉花车，一辆与一辆装饰都不同。你看那辆装饰有黄金竹楼的彩车。我和你们一路走来，我发现瑞丽不论高楼低屋，有不少的房子上都装饰有金色或黄色的傣家房屋图案。彩车上的竹楼不就是你们瑞丽的建筑特色吗？有的花车装饰了孔雀，有的装饰了傣家龙舟，还有象脚鼓、芒锣，包括一些花花草草的图案，没有一样不展现瑞丽独有的特点。”

玉恩说：“阿姐，你懂得的真多。”

我只好谦虚地说：“不是我懂得的多啦，是你们瑞丽的‘牛车选美’本身有这些文化含义。真是太特别了。”

5

刚刚经历了热闹的牛车选美，岩纳方向盘一转，就说带我去品尝美味。他俩领我来到了一家傣味餐厅，餐厅是一幢傣式木楼，厅堂宽敞大方，服务员都是一身傣家打扮。岩纳问我想吃什么，我仍是老话一句：“随便。”我可是第一次品尝傣味啊。

岩纳一口气点了五菜一汤。菜和汤上了桌，没有一盘是我见过的。就是米饭也盛在一个精制的小篾筐里，我感到十分新奇。

玉恩指着满桌的菜肴给我一一介绍：香草烤鱼、炸牛皮、炸青苔、炒芭蕉花、酸笋鸡、酸巴杂菜汤。菜的颜色并不惹眼，可菜名却让人吃惊。牛皮、青苔、花呀草的，这些都能吃吗？有的很明显还是生冷的食材，就如此简单就上桌了。

“吃呀！阿姐，这些都是出名的美味呢。”又是玉恩在解除我的窘态。

我第一筷大胆地选择了那盘被油炸得又黄又泡的牛皮。随着牛皮被咀嚼的脆响，一股带有花椒、辣椒麻辣味的浓香，充溢了整个口腔。好吃，比炸猪皮要好吃多了。

第二筷捻的当然是炸青苔了。什么样的青苔经油炸以后还能那么厚实墨绿？玉恩说，就是傣寨河沟里生长的青苔，这就更增添了我的好奇心。我一口咬下去，青苔嘣嘣脆，和我以往吃过的海藻、海苔根本就不是一个味道。满口鲜香，口感舒服极了。

想不到傣味会这样的可口，道道都是味道独特。这顿饭数我吃得最多最蛮。岩纳和玉恩见我吃得那么香也特别的高兴。

一顿美餐过后，我们直奔瑞丽最繁华的姐告玉石珠宝集散地市场。

我记得鸣珂有一条微博的定位信息就在这里。那条随笔的大概意思是："……满目珠玉，如此熟悉，等着世人来领取属于他们的玉，属于他们的一眼之缘……"

来到珠宝市场，我又被眼前出现的景况惊呆了。市场就是一片无遮无拦的广场，到处是贩卖玉石珠宝的摊位或地摊。人头攒动，你来我往，和农村里的赶集并无两样。

岩纳告诉我，这个市场叫珠宝早市。每天天刚蒙蒙亮，这里的珠宝交易就开市了。一批又一批的缅甸人带着各式各样的玉器珠宝，从边境口岸——姐告进入瑞丽。可以说，这个市场就是当地政府专门为境外珠宝客商开辟的交易场所。岩纳说，现在是中午了，市场已接近收场，要是在清早，这里的人简直多得拥堵不堪。

我们顺着摊位摆放的方向边走边看，这里各色各类的珠宝多得眼花缭乱，就像菜市场里的白菜、萝卜一样，随便找一些木板摊开就开始售卖了。

这里叫卖的珠宝真是太多了，多到珠宝也能论堆卖。有一片专门卖缅玉的摊位，这里卖玉石的办法就是任随买主用手抓。买卖双方先商议一个价，然后让买方伸开巴掌往玉石堆上狠狠抓一把，抓多抓少都是事先商量好的那个价钱。当地称为一把抓。

市场有不少缅甸女人摆摊卖珠宝。她们脸上都涂抹着一层厚厚的黄色面糊。从我到瑞丽开始就在路上看到妇女和小孩脸上这些黄白色的粉或者面糊，段一平似懂非懂地说他们这是驱蚊的。我忍不住好奇心问玉恩，她们为什么要涂那么厚的黄糊糊？玉恩说，那是缅甸产的一种植物，经研磨成粉调浆民主以后，就能敷在脸上和暴露的皮肤上。据说，这种植物做成的黄浆有防晒、护肤、增白的功效。我顿时觉得还挺有意思的，也算是一地方的特色吧。玉恩打趣说："这些买玉的缅甸人喜欢皮肤黑的姑娘，像你这么白的不是他们的目标。"

这个市场交易的玉石珠宝，品种繁多，其中也不乏上乘极品。

有一个缅甸女子的地摊上，有长长一溜精心摆置的水沫玉手镯，看上去就像一条超长的硕大的项链。那些手镯质感晶莹剔透，就像用凝固的水打造而成的。

还有一个地摊上，一色地摆放着十几只水沫玉的平安扣，这些平安扣硕大饱满，是市场中少见之物。它们一个个就像内中灌饱了水似的，极其富态美观。这些平安扣色彩多样，有通体透明得没有一点杂质的，也有飘花奇异，像镶进了一幅水墨画似的，让人寻趣遐想。摊主也是一个不会说中国话的缅甸女子，她见我在摊子前驻足良久，便主动拿起计算器和我讲起价来。只可惜我囊中羞涩，只好笑笑离开了。

市场内也还有专门开店卖树化玉的。有人说，亿万年前的树木品种有多么丰富，那么亿万年后出土的树化玉就有多少奇观。这个店展出的树化玉真可谓千奇百怪、光怪陆离。让人看得瞠目结舌。

在这里，黄龙玉、葡萄石、玛瑙玉髓、琥珀、蜜蜡等等屡见不鲜。

我在这里又一次见到了用保山南红玛瑙雕刻的一枚极品雕件。这是一只用上乘柿子红玛瑙雕刻成的一个圆圆的猩红柿子。柿子雕刻得出神入化，让人看了就想美滋滋地咬上一口。

再往前走，还有“卖肉”的，那些肉都是用石头雕刻的，甚至还有用石头雕刻的猪头。看上去十分逼真，我觉得特别有意思，忍不住拍下照片发给朱媛，还问她“看，这猪头像不像你。”我想她肯定觉得很神奇，又有趣。

名不虚传的瑞丽珠宝市场。你就是注入我心中万紫千红的百花园地。在这个琳琅满目的百花园里我足足盘桓了三个小时，仍久久不愿离去。

我第一次感觉我手上的玉在这里只是渺小的一串，然而我觉没有想要挑选任何一串取代它的意思。玉恩看了看我的玉手串，笑而说道：“女人对于珠宝玉石的喜爱真是无边际的呢，你有一串还想要更多、更美的。我阿妈就是这样，一来到这里就不知道选择哪一个了。阿姐，你也是这样吗？”

我说：“确实不知道该选什么，单是看，就已经过瘾了，甚至还看不够呢。而且……我暂时，我希望不是暂时，而是永远有它。”我情不自禁取下手上戴的翡翠珠串，满心依恋，又带回手上。

玉恩这个小女孩都知道这个玉串一定有什么意义或者非常宝贝，可是此时的她挠了挠头，似乎没有听懂，我立刻岔开话题：“看起来瑞丽藏富于民不假。哦，就是边地各民族都挺富足的。”

“正好前几天从上海来的老师给我们讲，我们这块区域啊很特别，而且赶上好时代了，中国这边各民族的人和周边国家的人本来就依山傍水，所以相互包容，一起开发和建设。”玉恩的笑看起来有种说不出的甜美。“哦，阿姐，忘了告诉你，我今年正好高二呢，假期也没什么事。”

我看了看岩纳，他说他正好高三，如果不是功课还可以，父母也不让他出来玩儿。岩纳还说：“阿爹、阿妈说阿姐从北京来，让我们多跟阿姐学呢，还邀请阿姐回家吃顿便饭呢。你要是不和我们回去吃晚饭，怕是今晚我们兄妹也回不去了。”

盛情难却，我还是跟着他们上车，去体验他们家的家常便饭。正好此时段一平来电话，说他已经办完事，也要去岩纳阿爸阿妈那儿吃晚餐。

6

岩纳阿爸阿妈一身朴素的日常着装，眼角眉梢虽然有岁月的痕迹却依然挡不住出挑的相貌，尤其是岩纳阿妈并不是很细嫩的颈部佩戴着玻璃种的玉佛，一双操劳的手刚见面还佩戴着剔透的翡翠手镯，开始忙碌前还是小心翼翼地取下手镯来。我被他们热情好客深深打动了，这么直爽而热忱的民族兄弟姐妹的“地主之谊”，让我深深记下了这片土地带给我的感动。岩纳阿妈还有一些亲戚都在忙活着，岩纳阿爸忙着招呼客人、陪客人聊天什么的。

段一平一早就到了，在和岩纳家亲戚聊天。段一平好像跟他们特别熟，像是一家人的样子，倒还更像个主人一样对我说：“都是朋友，没什么拘束的。”

段一平带我来到他们家后院，一边看这些热带蔬果，一边说起正事。

“那个小孩找到了？”我关心地问。

“找到了。瑞丽公安的人已把小孩交给他妈了。”段一平轻轻拍了一下他身旁柚子树上青色的柚子，淡淡地说道。

“瑞丽公安？那天不是你押着那个中年男人去抓人贩子吗？”

“轮不着我去抓，瑞丽的治安刑侦归瑞丽公安机关管。再说也不能因为这么一件事，就轻易暴露了自己的身份吧。”

“那，你是……？”我还是不太明白。

“我就是把那个中年男子和阿宝戴过的那块玉一齐交到公安局派出所，我的主要任务就算完成了。”段一平说得是那样轻松自如。

“阿平哥，就……就这么简单？真行！”我忍不住地表扬他。

“怎么是我行，行的是人家瑞丽公安，两个多小时就把孩子平安领回来了。”

段一平接着问我：“对了，前天晌午，让你跟着去找那个男的，你紧不紧张？”

我说：“有一点，不过有你在，我就不怕了。”

段一平笑了，他说：“我估计你也能沉得住气，只要不让他看出什么破绽，事情就好办了。”

“对，下回还有这种事，我还跟你去。”我诚心道。

“哈哈……”段一平听我这么说，大声地笑了起来：“下不为例，下不为例。以后真再有这类事，打死我也不会带你去喽。”

段一平说：“我们这次来瑞丽，不虚此行，要找的人都找到了。”

段一平这么说，使我大惑不解。他找到的不只是那个小孩嘛，难道他顺代又找到什么人了？莫非……，不可能，段一平说的绝不是那个他。我们之前没有寻见他的踪影，我们到瑞丽才短短两三天，中间又插上了寻找丢失小孩这码子事，段一平还没腾出手来去找那个他的。段一平指的绝不是我们要找的那个人。

想到这，我问段一平：“除了那个孩子，难道你还找到谁了？”

段一平诡谲地看着我，说：“你说呢？”

“我怎么知道？”

“你当然知道。”段一平又摆出一副神秘兮兮的样子：“你不是承认你曾经见过他了吗？”

哗！天哪，段一平真的找到他了。我一时高兴得不知道说什么。不过马上我又镇定下来了。不可能，我仍然坚信没有这种可能。段一平这个人，为了逗我玩，老喜欢装神弄鬼，危言耸听的。今天我非要逼他说出真话来。

“好，你说你什么时候找到他的？”我一本正经地质问。

“也是昨天下午呀。”段一平也一本正经地回答。

“在什么地方？”我立马追问。

“瑞丽市公安局。”段一平严肃地回答。

“露馅了吧？”我指着段一平取笑说：“你别逗我了。那个人又不是公安。”

“可是公安局找到了他呀。”段一平依然一脸严肃。

“我也不相信，偌大的一个瑞丽市，公安局无凭无据的，怎么去找？就连他在不在瑞丽也无法知道呀。”

“你傻了吧？”段一平反过来讥笑我说：“公安局找到他的凭据不就是你给提供的吗？”

“我……我没有提供过什么啊。”我又陷入了迷惑之中。

“我说林姑娘。您不是古代人吧？这都什么时代了。”段一平启发说：“你在龙陵不是向公安局提供了那个人的相貌特征，还画了像。龙陵提供的材料通过电脑传给瑞丽还不容易？凑巧，那个人就住在瑞丽，他又是一个行业里的大名人。能不一找一个准吗？”

听段一平这么一解释，我总算彻底明白了。段一平没有骗我。我们追踪寻找的那个人，总算有结果了。一种复杂的情思蓦然涌上心头。我木讷地瞪视着前方。

或许是他察觉到了我的反应，连忙说："可是啊，有句话说出来，你可别打我……而且你要答应我，淡定……淡定，听我安排。"

我急道："你说！快说！"我抑制不住我内心的激动。

"我是在公安局见到他了，在公安局的电脑上见到的……我只有看到照片和身份资料。明天我大概能会会他……"段一平说。

听到他这句话，我顿时哭笑不得，可是关键的点是段一平要"会会他"，而不是"我们"，我着急道："你会会他？那我呢……"

"你不能去啊。"段一平又恢复了嘻嘻哈哈的本性，说："明天是去公安局会会他，万一他摊上的是大案子，涉及什么见不得人的勾当呢。"

"我不信！"我摇摇头，说："那样的人。怎么可能……"

"怎么不可能，知人知面不知心，何况你们才几面？"

我低头不语，感觉眼眶一阵潮湿的雾气，都说云南瘴气重，大概这气氤氲了我的眼。

"和你开玩笑啦。那个男人是珠宝行业的人，没什么不良记录，反而还打抱不平见义勇为过。人品不知道，可是起码三观很正。”

“真的？”我眼前一亮，看着段一平的笑容。感觉眼前这个男子是我的好朋友，在帮我把什么关一样。而我却说不出口一声：“谢谢。”或许是已经熟识了这个朋友，明白了这个朋友的性格，感觉多说一句发自肺腑的感激都觉得不合适。

“你连警察都不信？”

“你这样的警察，我都不敢信了。”

7

品尝着家常的地方菜，更有种说不出的人情味在。且不说食材的新鲜和原生态，这味道也是从未有过的美好。酸和辣，越靠近滇西，我越是习惯，也越觉得爽口，开始想一开始我工作本来打算应聘的是美食专栏，自认对吃的东西是有领悟力的。

岩纳的阿爸阿妈说起段一平的婚期，我猜测段一平也是有喜欢的姑娘的。段一平说在腾冲的时候，把我安排在和顺古镇那半天，他是自己去腾冲找一个玉石界的朋友打听“鸣珂”的下落。我打趣道，“那个姑娘就是你的心上人吧，去腾冲还要带上在保山买的见面礼。你说那个南红石还在不在？”段一平顿时红着脸，却神态自若地说：“帮你打听人呢，朋友见面带个见面礼怎么了？”在座的民族朋友都起哄了起来，感觉到了晚宴的高潮，特别热闹欢脱的样子。

对岩纳阿妈阿爸来说，他们是老友、远方的朋友难得欢聚一堂。对我这个远方来的客人来说，这一顿晚饭更多的是感动，被边地民族朋友的热情感动得恨不能一起饮酒高歌。他们的酒很特别，用一个像小盆那么大的碗，盛煮熟的饭在里面，又灌上当地的酒，饭会慢慢变成生米，而酒更增添米香。岩纳阿爸是好酒的人，直爽地为在座的男宾一一盛酒。段一平和老朋友们多喝了几杯，正在我担心他会不会影响到明天去见手串主人的时候，他以公务在身为理由推脱了。

这次轮到我开车，送段一平回去。

行驶在瑞丽郊外的夜路上，把车窗开到最大，显得格外地凉爽。

段一平其实只是微醺，他说：“我们民族兄弟，就是这么纯粹。”我认可地点点头，说：“今天都是沾了你的光啊。不，是我这一路走来都是沾了你的光。我在想，你还有多少朋友，遍布云南各处？”

“何止云南各处？”段一平笑笑说，“有缘，四海之内都是兄弟。你难道还不算是我朋友吗？”

“你说算不算？还不是得你批准。”

“我不批准的话，你还不是会缠着我让我准了……就像当初第一次见面一样啊。哈哈。”

段一平的笑声显得得意而满足，就像是收获了一个极为难得的远方友人。至少我自己是这么想。

有没有这样一个物件，见证了时代的沧桑，见证了人们的深情厚谊。

有没有这样一个物件，连接亲情血缘，连接两颗彼此陌生的心。

有没有这样一个物件，有人因此等待一生、劳碌一生。有人因此，归去了又来，带着毕生的遗憾去。

而我，为了它，一路跟随、一路寻找。

这一次，它没有辜负人的期待。

无论它是否还是从前的模样。

第八章　不虚此行

1

平坦的路上，有瑞丽最负盛名的“一寨两国”。岩纳和玉恩的最后一天周末，陪我来到了这里。

寨子里有种别样的异域风光，这像是一个植物园，种着热带作物的植物园。各种建筑和雕塑在各种独特的植被的衬托下更显得颜色鲜艳夺目。我虽然吃过火龙果，却不曾想到火龙果的树是那个样子。盛开的缅栀子花在枝头，玉恩摘下一朵插在我的头上。

一块块玉石片点缀在小道路面，我心中暗惊——不愧是玉石遍地的地方，这样的玉石铺路还是我生平第一次见。

岩纳介绍说：“国境线将一个傣族村寨一分为二，中方一侧是银井寨，缅方一侧是芒秀寨。寨中的国境线以竹篱、村道、水沟、土埂为界。中国的瓜藤爬到缅甸的竹篱上去结瓜，缅甸的母鸡跑到中国居民家里生蛋便成了常有的事。”

玉恩说：“她的同桌就是芒秀寨的，外面来的老师一开始都奇怪，还叫他们‘留学生’呢，他们频繁地穿越国境线根本没觉得什么。”

我想，一定是寨子里的老百姓语言相通、习俗相同，所以边民们都习惯了。想到环球新闻里总是看到世界上一些国土纷争、水源之争等一些负能量的报道，我不由得感慨，这里的人们“一歌唱两国，共饮一江水”，这里的人们同走一条路、共饮一井水、同赶一场集，共奉一座寺，如此和睦相处，世代相承，有多么的不易。

我站在金塔上，踩在国境线上，很微妙的感觉，我看着国境线另外一边的风景，远望去的那个国度是什么样子我不知道，我想到的是这两天里所看到的这一个区域的繁华。

远处的淡蓝天色没有被低垂的云全部拦住，远处的山不高，视野很广。这一方土地下面，有多少珍贵无比的宝藏？有多少不同寻常的石头会变成价值不菲的美玉。我明白了，这条边境线不仅仅是简单的价值连城，还蕴藏了无限的繁荣和希望。

这片本质纯粹的天和地，还有多少曼妙的传说走过，当我经过了此地，又会有怎样的故事等着我。

我坐上一个秋千，在岩纳和玉恩的助力下轻轻荡起，也体验了一下瞬间出国又瞬间回国。在秋千上，我不禁想到了段一平在龙陵跟我讲的缅甸亲人来云南寻亲这事。如果不是那两个缅甸的年轻人也和我一样，要寻找同一个人，或许我也不会来这里，听到、看到、体验到边境城市的和谐、繁荣。只不过他们要寻的是血脉相连的亲人，而我寻找的是一个仿佛梦中惊鸿一瞥的陌生人。

手上的珠玉随着秋千的晃荡而沉吟。

手串啊手串，你见证了时代的沧桑，见证了人们的深情厚谊。而今，还要连接亲情血缘，连接两颗彼此陌生的心。看来，谁都不会忽视你的价值了罢。

手串啊手串，明珠因为你而等待一生、劳碌一生。海哥因为你，归去了又来，带着毕生的遗憾离开。而今，我是因为你才一路跟随、一路寻找。

只盼你的存在，不要辜负人的期待。

2

当我满载着一怀感动离开这个寨子时，明媚的阳光照耀着这个寨子、这片神秘的土地。当我向岩纳和玉恩抒发我的感怀时。他们俩脸上和煦的笑自然浮现，那是自信，那是纯真。

岩纳说，他希望高考能考到北京去，他想让更多的人了解本地的风土民情，也想好好守护住这里的民俗文化。玉恩接着说，她也和岩纳哥一样，要去北京读书，她喜欢研究阿妈喜欢的那些珠宝玉石。这对傣族兄妹的纯善和志气让我这个外地人都感到欣慰，我鼓励他们，他们是彩云之南的金凤凰，会飞出去，为这片美好的土地衔来金枝，把这片土地建设得更加美好和繁荣。我和他们说了很多北京的有意思的东西，各个知名景点、各个高校的风景，还说了高考和填志愿。我心里只希望这些善良的孩子，无论如何，都不要放弃自己最初的梦想以及自己内心深处的追求。

我看着他们晶亮的眸子，这一抹纯粹无邪，宛如璞玉。

当我再次看到段一平的时候，他依旧是一个人。岩纳和玉恩要去自习了，我急于知道段一平见手串主人的情况。

他一开始故弄玄虚，表情比谁都要凝重。把我吓了一跳，担心人没有找到，或者出现别的岔子。段一平咧嘴一笑，那种坏坏的表情直接让我忽略了他是一名人民警察。

或许他在我心里，已经是朋友了。刨除了严肃的身份，就是一个普通的朋友在和我开玩笑。

“找到了吗？他在哪？”这句话冲出嘴巴我才意识到我的声音竟有几分颤抖。而段一平只有那得意的笑。

“别笑了，你没发现你眼角的鱼尾纹深了吗？”我愤愤道。

“是的，别提我有多憔悴了。那我就去休息了……”段一平特意一个转身，好想知道我要拉着他求一个真相。

“站住！快说，快说！男子汉大丈夫，别卖关子。”

段一平带我来到一家当地特色的小吃店，为我点了一份德宏州这边有名的“泡鲁达”，我记得手串主人的微博里写过：“回忆带甜的生活，就像是吃一份泡鲁达，干脆、甜蜜、爽朗。吃过后，双颊的余香总是满满的。”

这种饮料是用西米露、炼乳、特制面包干、新鲜椰丝加上冰块和水做成，据说是从缅甸那边传过来，品尝几口，果真是甜、脆、香、冰、滑、爽的完美结合。在双颊椰香的甜味中，听段一平和我讲他去见“鸣珂”的经过。

3

手串的主人他叫石璞予，是瑞丽珠宝公司的珠宝鉴定师和玉石雕刻师。在瑞丽公安机关的帮助下，段一平在石璞予的工作室见到了他。

当段一平说明来意时，石璞予思索良久，这才对段一平说："我们家三代单传，好像在缅甸也没有什么亲缘可寻。要说和缅甸有所联系的话，那就是我的太爷爷在那个旧时代不知是什么缘故去了缅甸，在那里有了家。听我奶奶说，太爷爷在八十年代还回到过大理，后来也就不知道……"

段一平截住石璞予的话，问："你太爷爷是海哥吧？名叫石海，后来叫石百川。"

"对啊，奶奶是这么说过。"石璞予惊讶地说，"你们是怎么知道的？"

段一平说："在旧社会，大理的、腾冲的老辈人中还是有人知道海哥与明珠的故事。"

石璞予感慨地说："是啊，那是一段凄婉又悲凉的往事。听说我的太爷爷回到云南时，还到我太奶奶的墓前祭奠过呢。之后，太爷爷回到了缅甸。从此就音讯全无了。"

段一平说："你太爷爷石百川返回缅甸之后，不到一年就去世了。他在缅甸的后人，曾多次到云南寻找海哥的血脉。可是我们公安机关始终查不到你们的下落。"

"原来是这样。"石璞予说："我爷爷石念海，原是县文化馆的一名职工，后来被划成右派，从此便失去了正当的职业。直到改革开放，爷爷的右派帽子被摘掉，年纪也老了。

我的父母亲分开后，爸爸一直在昆明工作，我从小就跟着爷爷奶奶生活。爷爷死后，奶奶就带着我一直在家乡。太爷爷在缅甸的亲人要找到我们当然困难了。”

石璞予又说：“我十分感激公安机关和段警官，不辞辛苦的来到边城找我，为我们石家一脉结上这门亲缘。不过，我家和缅甸那边，血缘始终是远在太爷爷的那个时代了。为了别认错了亲，他们有没有什么认亲的凭据呢？”

段一平随即取出包里的那张翡翠手串的彩色照片，默不作声地放在石璞予的眼前。

石璞予看着翡翠彩照直皱眉头，满脸的不可思议。

“不对，不对，我家的传家宝什么时候被拍了照片了。”石璞予大惑不解。

“那两个缅甸的年轻人说，这是他们的太爷爷来云南后，带回去的真实照片。”段一平解释说：“他们把照片交给公安机关的目的就是要我们凭照片找人。”

“我想起来了。”石璞予高兴地说：“我奶奶是对我说过这回事，当时我爷爷恪守对他母亲的承诺，所以只有让太爷爷拍了照片。”

“那这就对了。”段一平听他的说法正好和缅甸那边的说法对上。

“太谢谢你了，段警官，感谢你让我们老石家的亲人得以团聚。可惜这久我手上还有事，过几天我忙完手上的活计，我就去认下我的同宗弟兄。”

“石老师，你听我说。”段一平接过了石璞予的话，说：“缅甸那边也有交代。他们要求我们一旦找到翡翠手串的主人，一定要把手串和照片两相对照，如有两相符合，他们才能认下这门亲。”

段一平故意问道：“石老师，那只手串实物是不是在你这里？请你提供一下好吗？”

“在啊。在我手里。”石璞予不假思索地说：“只可惜已经被摔碎了。”

“摔坏了？”段一平心中生疑，却不动声色地问：“那你认识一位姓林的姑娘吗？”

“姓林的姑娘？哪里的人？”石璞予一本正经地问道。

“她叫林琅。”段一平问道：“有印象吗？前几天在大理住过的‘风花雪月’客栈……她知道你的微博网名是叫‘鸣珂’，对吗？”

石璞予一听“琳琅”，又反复念了一下，突然眼前一亮，忙回答说：“你是说我在大理认识的那个姑娘，原来她的真名也叫林琅？”

“对。”段一平笑了笑，继续问道：“你有没有送过她一只同样的翡翠手串？”

“有。”石璞予低沉着呻吟，而后坦然一笑，马上回答说：“我承认是我送她的。难道有什么不对吗？”

“我没有这个意思。”段一平说：“我是说，你家传的翡翠手串既然已经摔坏了，又哪来的一只送人呢？”

“那是仿造的。”石璞予莞尔一笑，说：“准确地说，是我倾心制作出来的一只仿品。”

石璞予见段一平满脸疑惑，便给段一平讲述了一段他摔碎祖传翡翠手串的往事。

4

他是一个在奶奶的精心呵护下长大的男孩子。

男孩还在很小的时候，父亲去到昆明工作，母亲去了省外，不久爷爷也去世了，唯有和离休在家的奶奶相依为命。

奶奶说起过，太爷爷找到过爷爷奶奶，还带了好多缅甸的上好翡翠要送给爷爷奶奶，可是爷爷奶奶说什么也不要，已经自食其力了，何必还要父亲长辈的馈赠呢。爷爷只是希望能尊重他母亲的遗愿，留下这翡翠手串。

从他记事起，这翡翠手串就戴在奶奶手上，是那个艰苦时代里爷爷家里最昂贵的聘礼，娶到了奶奶这么一位知书达理的贤妻。

小时候吃过最美味的是奶奶做的饭，见过最美的玉石就是奶奶戴在手上的翡翠手串。他知道那是奶奶的宝贝，却不知道为什么奶奶很爱护那串手串，有一天他要奶奶给他戴戴这串手串。奶奶却和他说，小石头，这条串链是你太爷爷留下的传家宝。你现在还是个不懂事的孩子，成天蹦蹦跳跳的，一身泥一身汗，让你戴着弄坏了，怎么办？这只串珠终归都要归你的，等你将来长大成人了，奶奶一定亲手给你戴上。从那天之后，奶奶把手串收了起来。

奶奶宠爱孙儿，却不是娇惯孙儿，男孩也要体会下地干活种菜的艰辛，也要帮忙奶奶干活。因为相依为命，如果他一个男孩子不做，难道要最疼爱他的年迈奶奶做吗？男孩的成长，是奶奶教他做人当如玉石，反复雕琢打磨终成宝，告诉他努力和坚持。因为家里有奶奶在等着他，所以晚上绝对不会出去，所以在外面也不会惹是生非。

男孩的学习从不叫奶奶担心，当他收到中国地质大学的录取通知书时，奶奶高兴极了，说，小石头终于磨成了玉石。奶奶答应过他，要为他亲手戴上这玉手串，这一天，正好是他离家求学的前一天。

大一到大二的每个假期，他都要赶回来和奶奶团聚，而奶奶希望他好好利用假期去学点什么或者多去实习锻炼，所以他每个假期来和奶奶相聚些时日之后又要赶赴其他地方学习或者实习。

在大三的那个秋天，北京的秋寒来得特别早。石璞予和同学们打篮球，莫名的心神不宁之间竟然忘记了把手串从腕上解下来。一阵激烈的运动中，腕上的手串突然离他而去，先飞撞在球架的铁杆上，再重重地摔在水泥地上。完美无缺的翡翠手串化作了散落遍地的零珠碎玉，完好的珠子也只剩下三四颗。

他就像丢了魂一样，心神落魄、追悔莫及，同学们帮助他将碎落一地的珠玉小心地收起来。他知道这是奶奶所珍惜的家传宝，也记得奶奶给他戴上手串时的叮嘱，所以心更痛。

就在同一天，过了没多少时候，爸爸给他打来电话，说——奶奶去世了！连续的打击让石璞予落下了男儿泪——怎么这么巧合，最亲的人、最珍贵的物，竟在同一天都失去了。他收起心情，用最快的速度赶回云南，送别奶奶最后一程。

手串摔碎的事情使他自责，他不敢让父亲知道。在为奶奶守灵的那晚，他悄悄将这事哭诉给奶奶，因为他是奶奶诚实的孙儿，永远都是。他也在奶奶面前许下了决心——我要更加努力，等到学有所成，有足够的能力，就算是买不到一模一样的翡翠手串，我也一定要仿制出一模一样的传家宝来。

石璞予明白，他仿制传家宝不是为了骗过父亲，也不是为了逞能，而是在于对奶奶深深的遗憾。他答应过奶奶的事，第一件就没有做到。再有，子欲养而亲不在，他此生最想回馈的人是奶奶，可是奶奶却在那一年永远地离开了，甚至没有享受到孙儿用自己的所得对她的孝敬。早不知道多少个夜晚，他梦到奶奶，他没有落泪，他对奶奶说——我要用对您的敬爱重塑这玉串的灵魂。

5

说话间，石璞予从保险柜里取出了一只精美的小首饰匣并打开说："看，这就是那只传家宝的尸骸。"匣内一层白绫的铺垫上，一堆柔光翠髓的零珠碎玉积聚在匣子里。给人一种凄清又肃穆的感受。

石璞予说："一会儿，我也拍一张照片，让你带走。"石璞予如此认真，反倒使段一平有所拘谨了。段一平说："这是我的工作需要，你不必太在意了。"说着拿起手机拍了几张照片。石璞予小心翼翼地把匣子收起，放回原处。

段一平注意观察他的工作台，发现有一串黄龙玉的手串十分眼熟，便走近看。石璞予疑惑着，问："段警官喜欢这手串？”

看着渐变的黄龙玉色泽，椭圆形的形状，段一平想起来，那个搭顺风车从保山到龙陵的李得玉，她当时手上的那串不就是和这串很相似吗。“不，这串我有个家在保山的朋友，一个女大学生有一串很像的。不过她到龙陵，已经拿给原先制作的师傅，请他修复了。实在太像了。”

“这一串绝无仅有。这原料是那位父亲收集了多年的黄龙玉原石。”石璞予笑着回答：“那天我刚巧路过龙陵，那个小妹就拿来给我，请我帮她补齐这一颗玉珠。”

段一平心里好一阵惊讶，而后又看着石璞予说：“石老师，您真是让人好找啊，在龙陵我们和你也算是就那么不巧擦身而过啊。当时我没有想到，那姑娘说的真心而纯粹的，恨不能夸到天上去的雕刻师傅就是我们要找的你。”

“惭愧，惭愧。”

“对了，闲扯一下，‘鸣珂’是多久没有上过微博了？”

“啊？”石璞予惊讶于段一平突如其来的一问，淡淡地一笑，解释道：“忙的时候，也没意识玩手机微博。”

“对了，说起来，还有那个拿着这翡翠手串的林琅姑娘一路尾随着我，就是为了要找你呢。”段一平说着看着石璞予的眼神多了几分男人间的意味深长。石璞予抬起眼睛，眼里又闪过一丝惊诧，嘴角淡淡地上扬又迅速回归平静，他点点头，语气变得温柔：“知道了，谢谢警官！”

“不介意的话……你这儿的地址可不可以透露给现在的手串主人？”段一平没有直接问询意见，而是委婉地说。看到对方略微点点头，若有所思的样子，也算是默认了。二人相视一笑，只不过，段一平一如既往地神秘一笑，石璞予则是坦然一笑。

“再见，石老师。”

“再见，段警官。”

6

原来他就是得玉口中那个世间难得的爱玉之人。

原来他故事里穿插着这么一段成长的亲情故事。

原来我和他因为另一个人的手串在龙陵擦肩而过。

网络世界他叫“鸣珂”，如玉之声，让我只能在梦境里刻画他的形象。

现实世界他是石璞予，依旧如切如磋、如琢如磨，以纯粹的匠人之心深爱着珠宝美玉。

段一平夸张地形容石璞予，由始至终都是绅士的风度，眉目间云淡风轻，说话也是直爽耿直。但是这刻意形容，就已经展现了这个人的特点——君子如玉。

“怎么样？其实，我倒是觉得这个人很有意思。”段一平喝完柠檬水，淡淡地笑了，伸手从口袋里拿出一张小纸条，“给，这是地址。”我接过纸条，回给段一平一个感激的眼神，和一句不深也不浅的“谢谢”，几乎就要马上站起来出去了，想象着见了他我该说些什么，又该做点什么……我的心跳不知什么时候竟已如此热烈。

我猛地站起来，正想着踏出门去，只见段一平还坐着，带着那一抹标志性的笑，弯着嘴角对我说：“再见，北京来的姑娘。”

那一瞬间，我竟然来不及还给这个好朋友一个微笑。